COLLECTION FOLIO

Nathacha Appanah

La mémoire délavée

Mercure de France

Née à l'île Maurice et vivant depuis plusieurs années en France, Nathacha Appanah est l'auteure de plusieurs romans, dont *Les rochers de Poudre d'Or*, *Le dernier frère*, *Tropique de la violence*, *Rien ne t'appartient*. Son travail embrasse à la fois les relations familiales, la mémoire et les questions géopolitiques et sociales avec une plume sensible et précise. Ses livres sont traduits en plusieurs langues et ont été couronnés de nombreux prix littéraires. En 2022, elle a reçu le prix de la Langue française pour l'ensemble de son œuvre, et, en 2023, *La mémoire délavée* a reçu le prix de l'Essai des Écrivains du Sud.

La mémoire est un choix. Tu as dit ça un jour, en me tournant le dos, comme si c'était une divinité qui parlait.

Ocean VUONG
Un bref instant de splendeur

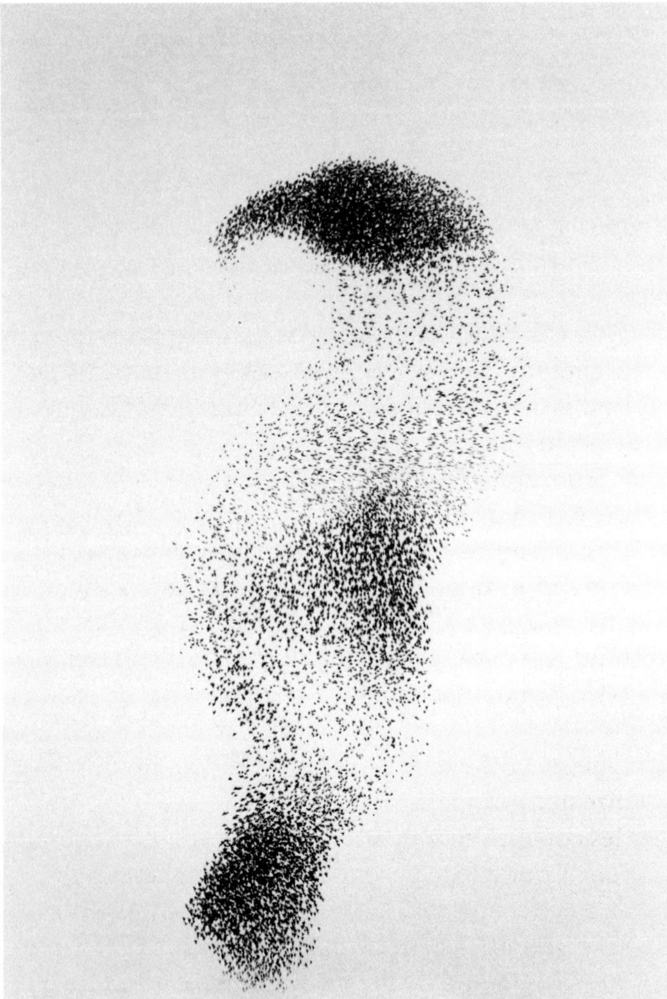

1

Quand revient le temps des étourneaux qui se déploient dans le ciel pour dessiner des figures liquides et mouvantes, je vois gonfler et se former une dame-jeanne.

Puis un chapeau épais qui lentement se mue en voile qui bat au vent, s'éloigne et disparaît. J'essaie de décrypter le ballet des étourneaux comme je décrypterais un rébus, en espérant que chaque tableau soit un mot, et, mis bout à bout, ces mots forment une phrase et soudain, cette phrase serait ma première, mon évidence.

Quand revient cette année le temps de ces oiseaux qui empruntent, comme les hommes, des couloirs de migration, suivant on ne sait quel vent favorable, pour trouver plus de nourriture et plus de chaleur, je me demande comment ils les trouvent, ces chemins-là, ces oiseaux-là. Est-ce que subsiste la mémoire d'un passage à travers le ciel qui se transmettrait de bec en bec, d'année en année ?

C'est à la tombée du jour qu'ils apparaissent. C'est à la tombée du jour que nous sommes les plus vulnérables. Il y a ces minutes étranges, gris-bleu, glissantes, quand le soleil s'en va et quelque chose venu du fond des âges remonte et se rappelle à nous. Une peur, une intranquillité, une fragilité. Nous pressons le pas, nos cœurs sont plus lourds et nos enfants pleurent sans raison. À la tombée du jour, j'arrête d'écrire et je me rends compte combien cette chose entreprise il y a quelques mois m'échappe. Cette chose, je dis. Cette chose, comme si elle existait quelque part, cette chose tel un objet. Cette chose m'échappe, je dis. Elle n'est ni ici ni là. Cette chose, c'est un récit sur mes grands-parents et je ne l'ai encore pas trouvée aujourd'hui, à l'heure où s'agitent les étourneaux.

Quand soudain, d'un arbre sur le quai, ils surgissent et ce surgissement ressemble à une déflagration silencieuse, on pourrait croire que le feuillage a explosé. À quoi ressemble le destin de ceux qui migrent, est-ce que ça explose bruyamment ou ça implose intimement ?

Les scientifiques ont découvert que, pendant ces ballets, les étourneaux communiquent entre eux en murmurant et ainsi, de murmure en murmure, ils tournent à gauche, à droite, toujours ensemble, descendant en piqué, remontant en tournoyant. C'est un moyen de défense contre les prédateurs. C'est aussi un appel visuel et sonore à l'intention d'autres étourneaux égarés pour que ceux-ci se joignent au groupe avant la nuit. Est-ce que ce murmure change d'année en année, est-ce qu'il est modifié selon la figure formée, selon la destination à atteindre ? Comment savoir puisque ce murmure est un secret que jamais ne perceront les hommes.

Les étourneaux n'ont aucune idée ni intention des formes qu'ils dessinent et ne devinent pas leur pouvoir d'évocation ici-bas. À quoi bon la beauté, à quoi bon l'imaginaire, si la mort vient frapper en pleine représentation ? Ils sont nés pour voler et survivre, le sens de leur existence est contenu dans ces deux verbes.

Je passe des heures à faire des figures. J'ai des idées, beaucoup d'idées. J'ai des ambitions de forme, j'ai des intentions d'architecture littéraire comme si je construisais quelque chose de palpable, qui serait visible de loin. Je ne veux pas simplement raconter mes grands-parents, je veux dépasser le récit, je veux une harmonie, de la complexité à l'envers mais de la simplicité à l'endroit. Je rêve d'un livre qui dirait le passé, le présent et tout ce qu'il y a entre. Un livre qui marquerait la fin de l'exotisme et du pittoresque avec des mots qui seraient à moi, à mes grands-parents et qui appartiendraient aussi à tout le monde. Je veux une dame-jeanne qui se transforme en chapeau.

Un poème.

J'écris mes grands-parents et mes parents et mon enfance et cette maison à Piton et ce domaine sucrier à Antoinette et cette plantation à Camp Chevreau et toutes ces histoires cousues ensemble dans un grand poème en vers libres. Un mot un étourneau des mots des étourneaux une phrase une forme une beauté. Je tords la langue pour qu'elle adopte cette forme, mon père surgit avec sa voiture au coin d'un vers et disparaît, je ne peux pas le retenir, pas comme ça, pas dans ce moule. Je noircis des pages et des pages de ce que j'appelle poésie et ma grand-mère est statique comme sur les photos, mon grand-père est flou, il manque quelque chose. Je dis esprit mais je veux dire cœur. Je voudrais que ça coule comme du miel, que le chapeau se métamorphose en voile mais les mots sont lourds, du béton on dirait.

Personne de ma famille ne pourrait lire ça, ça parle d'eux pourtant ça les aliène. Ils ne comprendraient rien à ces phrases, à ces ellipses, ça vire, ça tourne, ça serpente, cette narration est opaque. Je drape la langue et la forme autour de mon corps comme une seconde peau, j'oublie ce que j'ai à dire, j'oublie le cœur qui bat, simple et fragile, je ne pense qu'à la manière dont cette peau brille, je ne pense qu'à la figure éphémère qui apparaît dans le ciel.

Ce soir, les étourneaux sont nombreux, ils ne murmurent plus, ils crient. Leurs formes obscures et épaisses comme l'intérieur des grandes bouches me font battre le cœur un peu plus vite. Ce ne sont que des oiseaux. Ce ne sont que mes grands-parents.

Je recommence.

C'est peut-être plus loin encore dans le temps que cette chose se trouve. Avant la naissance de mes grands-parents, sur ce bateau qui a transporté mes ancêtres et ça pourrait ressembler à un récit d'aventures avec le noir de la mer, le gris des houles, le bleu de l'île et le vert des champs de canne mais ce serait encore travestir cette histoire avec des couleurs et les atours de la fiction. Ce serait, quelle ironie, un autre exotisme.

Il faut enlever le vernis sur chaque page, éplucher cette peau-apparat sous laquelle le récit est nu, le récit est sincère, le langage est celui de l'eau, de la terre, de la nuit. Il y a des absences, de grands pans d'histoire tombés dans le vide et je reste des jours au bord de ces gouffres, je n'arrive pas à les contourner, je voudrais fouiller les abîmes avec mes yeux me salir les mains à force de les plonger dans cette matière retrouver le goût de ce qui est perdu mais elles sont à jamais, ces absences.

Quand revient le temps des étourneaux, mon visage est souvent levé vers le ciel crépuscule dans l'illusion d'y apercevoir avec clarté et sincérité mon propre récit de migration, d'y lire le début, la beauté, l'intention, la forme et le secret. Ce n'est pas la voile d'un bateau, ce sont juste des étourneaux et c'est beau, aussi, juste des étourneaux.

2

Ce n'est pas un début ni *le* début mais ça commence comme ça :

Il y a trois fiches aux archives de l'immigration indienne à l'institut Mahatma Gandhi, à l'île Maurice. Ce sont celles de mes trisaïeuls et de leur fils, mon arrière-arrière-grand-père. Elles attestent de leur arrivée à Port-Louis, capitale de l'île qui est alors une colonie britannique, le 1er août 1872. Un peu plus d'un siècle avant ma naissance ou à peine un siècle avant ma naissance, je ne sais pas peser le temps qui me sépare d'eux. Est-ce beaucoup ? Est-ce peu ?

Ils étaient des engagés indiens, des coolies comme on disait, et avaient quitté leur village indien de Rangapalle, dans le district de Visakhapatnam dans l'État de l'Andhra Pradesh. Sur le port de Madras, aujourd'hui Chennai, ils ont embarqué sur un bateau appelé *John Allan* et leur traversée a duré à peu près sept semaines.

Mon trisaïeul porte le numéro 358444, il avait 45 ans. Ma trisaïeule avait 39 ans, les autorités britanniques lui attribuent le 358445 et leur fils, âgé seulement de 11 ans, est le numéro 358448. Ces numéros me bouleversent, je sais qu'ils devaient les retenir ou les avoir sur eux comme laissez-passer quand ils se déplaçaient hors de la plantation de champs de canne. Ce sont ces chiffres qui les identifient d'abord et avant tout, pas leur nom qui est trop compliqué, pas leur visage qui ressemble à tant d'autres, pas leur langue que personne ne comprend vraiment.

La déshumanisation immédiate que provoque l'attribution d'un numéro à un être humain ne m'échappe pas. C'est un couperet qui marque l'avant et l'après ; c'est une marque au fer rouge qu'on applique, brûlante et grésillante.

Alors, je les apprends par cœur aussi et de temps en temps, tout bas, je les récite. 358444, 358445, 358448. Ce n'est ni une prière ni un mantra, c'est pour ne pas oublier.

Mes ancêtres sont arrivés à l'île Maurice suivant une route de la migration ouverte par un bateau appelé *Sarah* qui a accosté à Port-Louis en août 1834 avec 39 travailleurs engagés à bord. Cette route restera ouverte jusqu'en 1920.

Je connais les faits, je peux également les réciter, quasi par cœur, en faire un exposé, une leçon.

HILL COOLIES LANDING AT THE MAURITIUS.

L'engagisme (*indentured labour*, ou *coolie trade*, en anglais) est un système de travail sous contrat mis en place dès 1830 par les Européens (Anglais, Français, Portugais et Néerlandais) pour pallier le manque de main-d'œuvre dans les champs de canne des colonies après la libération des esclaves. C'est une transhumance mondiale, une migration organisée et multidimensionnelle dictée par l'expansion coloniale de l'Europe mais également par la misère endémique dans les pays des engagés. Des Javanais, des Japonais, des Tonkinois, des Mozambicains, des Malgaches, des Chinois, des Indiens quittent leur pays en échange d'un maigre salaire et de la promesse d'une vie meilleure. Ils sont nombreux ces pays, anciennes possessions, territoires laboratoires, sources de richesse pour les empires coloniaux, terres d'immigration, foyers de misère et de résilience : Afrique du Sud, Australie, la Barbade, Cuba, Chine, Fiji, île de Grenade, Guadeloupe, Guyane, Inde, Indonésie, Irlande, la Jamaïque, Kenya, Kiribati, Malaisie, Martinique, île Maurice, Ouganda, Pérou, Portugal, île de La Réunion, Sainte-Lucie, îles Salomon, Samoa, Singapour, Sri Lanka, Suriname, Tanzanie, Thaïlande, Trinité-et-Tobago, Tuvalu, Vanuatu. Ces nouveaux travailleurs quittent leur pays sur des bateaux pour de longues semaines de traversée et s'engagent à travailler la terre pendant trois, cinq ou dix ans.

Tant qu'il y aura des mers, tant qu'il y aura la misère, tant qu'il y aura des dominants et des dominés, j'ai l'impression qu'il y aura toujours des bateaux pour transporter les hommes qui rêvent d'un horizon meilleur.

Dès l'abolition de l'esclavage, l'Inde, alors colonie britannique, offre une manne de ressources peu chère pour les îles à sucre. Entre 1834 et 1920, environ 1 500 000 engagés, dont 85 % d'Indiens, sont envoyés dans les colonies britanniques. 453 063 – presque le tiers – se retrouvent à l'île Maurice, les autres aux Antilles britanniques et au Natal, en Afrique du Sud. Plusieurs milliers de travailleurs indiens émigrent également vers les colonies françaises (118 000 à La Réunion, 25 000 en Martinique, 42 000 en Guadeloupe).

Entre Rangapalle, le village d'origine de mes ancêtres, et le port Madras où ils ont embarqué sur le *John Allan*, il y a 843 kilomètres. Comment ce couple et cet enfant de 11 ans ont-ils fait ce chemin en 1872, je ne le saurai jamais. Ont-ils longé la côte à pied pendant des semaines ? Apercevaient-ils parfois, dans les virages, l'océan Indien – cette étendue dont la traversée était taboue et qu'ils appelaient le *kala pani*, l'« eau noire » ? Faisaient-ils partie d'un groupe ? Savaient-ils au moins ce pour quoi ils s'engageaient et où ils allaient ? Peut-être avaient-ils rencontré des recruteurs, des *maistrys*, qui à cette époque s'enfoncent loin dans les campagnes pour convaincre les Indiens de les suivre ?

Au début de l'engagisme, ces recruteurs mentent aux curieux : ils leur font miroiter de l'argent facile, une vie aisée, ils ne leur parlent pas du quotidien dans les champs. Certains signent sans connaître la destination, la nature du travail, la durée du contrat. Les kidnappings sont réguliers, les abus et les mauvais traitements aussi.

L'histoire de l'engagisme indien est introduite dans les écoles mauriciennes à travers cette anecdote : on aurait raconté aux premiers engagés que, sous les rochers, à l'île Maurice dorment des quantités d'or et qu'il suffit de les retourner pour gagner une fortune. À mon pupitre d'écolier, j'avais bien peu de compassion et me moquais de cette crédulité. De l'or sous les rochers, qui peut croire à un truc pareil ?

D'après sa fiche, mon trisaïeul est engagé par le domaine Maroussem et Compagnie qui possède un domaine sucrier prospère à Antoinette, un village dans le nord de l'île.

Outre leur salaire mensuel de 5 roupies (10 centimes d'euro), les engagés à Maurice reçoivent 2 livres de riz, une demi-livre de légumineuses, 50 grammes de sel, de l'huile, des gousses de tamarin. Les rations sont moindres pour les femmes et les enfants.

Dans ma cuisine, je pèse 1 kilo de riz, 250 grammes de lentilles, 50 grammes de sel. Je les dispose devant moi, à côté d'une bouteille d'huile. Je n'ai pas de gousses de tamarin. Je regarde cet étalage mais, non, le mot « étalage » ne convient pas. C'est le contraire d'un étalage, c'est la vie au cordeau, c'est un quotidien rongé à l'os. J'ai des pensées noires, inavouables – si j'annonçais à ma famille que, pendant un mois, notre alimentation se composera uniquement de ces ingrédients ?

Je me souviens que lors de mon premier séjour en France – je devais avoir 20 ans – on me prenait souvent pour une Indienne. Quand j'expliquais ce visage – j'avais fini par résumer ce pan historique en une phrase, « mes ancêtres indiens ont remplacé les esclaves noirs dans les

champs de canne » –, j'étais toujours étonnée que l'engagisme ne soit pas plus connu. Peut-être que ces moments étranges où il me fallait justifier ma couleur, ma figure, révéler mes origines, peut-être ces moments-là ont-ils fait naître en moi l'idée de mon premier roman ?

Quand je travaille à ce livre au début des années 2000, je ne sais rien sur mes ancêtres, je n'ai encore jamais mis les pieds en Inde, je n'éprouve pas le besoin d'interroger les membres de ma famille puisque c'est un roman que je souhaite écrire. Jusqu'à ce que j'entre en possession des trois fiches des archives en 2022, j'ai toujours cru que c'était le père de mon grand-père qui était un coolie et qu'il était arrivé à l'île Maurice au début du XXe siècle avec sa femme et un ou plusieurs enfants. C'est une arrivée tardive, si l'on prend en compte la période qu'a duré l'engagisme. Dans mon esprit, cela signifiait un coolie qui était arrivé sur une île où il y avait déjà une communauté d'engagés organisée, où les conditions de travail étaient moins ardues qu'au début de cette migration. Cela me permettait aussi de croire à un ancêtre dont l'image était différente de celle qu'on nous montrait à l'école : un homme naïf, poussé par la misère, qui soulève rocher après rocher en vain, un homme qui trime, un homme qui pleure, un homme nostalgique de sa terre natale. Je crois que cela signifiait aussi – pour ce moi plus intime, plus secret, travaillé par le besoin de reconnaissance – un homme moins miséreux, moins désespéré, voire un peu éduqué… Comment ai-je pu croire à une chose pareille ?

Pour ce premier roman, je lis des dizaines d'ouvrages pour ne pas faire d'anachronisme, pour que la vérité historique soit solide mais les personnages, leurs corps, leurs pensées, leurs ambitions, leurs caractères naissent de mon esprit. Je n'interroge pas mes parents et si je pense à mes grands-parents, c'est d'une manière aimante et tendre. Je ne me dis jamais : ce roman est en leur hommage, en leur mémoire.

Je travaille sur un matériau accessible à tout le monde et je tisse ce livre sur des motifs romanesques que je trouve absolument magnifiques : le roman du passage d'un monde à l'autre, la traversée de l'océan, la découverte d'une terre nouvelle, l'asservissement du corps et de la tête, la confrontation à l'autre. J'ai alors 27 ans, je veux être romancière et dans ma tête, sur ma langue, qu'est-ce qu'il est beau ce mot, romancière. J'aspire à déployer une trame aussi délicate et complexe qu'une toile d'araignée, incarner un autre que moi-même, raconter des histoires où je serais un vieux, un ado en taule, une mère célibataire, une tatouée, une meurtrière, une danseuse, un chef de gang, un peintre, une taiseuse et que ça soit tellement bien écrit que l'on m'oublie, moi. Je veux être lue autrement qu'à travers le prisme de mes origines, de ma couleur, de mon genre. À ce moment-là, je ne sais pas encore que les prismes donnent parfois des livres à la lumière merveilleusement décomposée.

Je suis concentrée sur cette fiction, inspirée de faits historiques certes mais qui se passe en 1892. Je ne pense pas à mes ancêtres puisque, dans mon esprit, ils ne sont arrivés à l'île Maurice qu'au début du XXe siècle.

Je me souviens d'avoir acheté une grande carte de l'Inde et d'avoir surligné en fluo le chemin (effectué en charrette à bœufs, en train, à pied) de chacun d'entre eux, de leur village jusqu'au port de Madras. Ce serait formidable de pouvoir révéler ici qu'en faisant ce travail j'ai croisé le nom du village de mes ancêtres, Rangapalle, et que j'ai ressenti une émotion particulière, quelque chose que je n'avais pas su nommer à l'époque, l'impression d'une présence derrière soi, d'une ombre au coin de l'œil. Alors, ici, enfin, je l'identifierais, cette émotion, je dirais que c'était la mémoire transgénérationnelle et ce serait un de ces fils délicats et insoupçonnés qui brillent dans les fictions. Mais non, il n'y a rien eu de tout ça.

La transmission des origines dans ma famille s'est faite par plusieurs biais : les anecdotes, la religion, la culture, les superstitions et les croyances populaires, les tabous, les traditions et leur liturgie, le sens de la communauté, la cuisine. Dans cette transmission presque exclusivement orale, la notion même de généalogie est inexistante. Les dates, les faits, le nombre exact d'enfants d'une lignée, l'orthographe précise des noms et prénoms. Quand, enfant, je demandais des détails sur ces premiers ancêtres, on me répondait : *je crois que, je ne sais pas, c'est le père de ton grand-père apparemment, en 1901, en 1902…*

Je me souviens d'un événement en particulier où cette imprécision m'avait frappée. Ma grand-mère avait été admise à l'hôpital et, quand nous sommes allés la voir, son nom n'était sur aucun registre d'aucun service. Mon père a commencé à s'inquiéter, elle avait bien appelé de cet hôpital il y avait une heure à peine, comment était-ce possible qu'elle ne soit nulle part ? C'est ma mère qui a eu l'idée de vérifier le registre d'entrée avec le nom de jeune fille de ma grand-mère et elle y était, en effet, sous ce nom-là. Plus tard, j'ai su qu'elle donnait régulièrement dans les lieux administratifs (les mairies, l'hôpital) ce patronyme qu'elle n'a porté que pendant les douze premières années de sa vie, avant son mariage avec mon grand-père. Ce n'est pas qu'elle oubliait son nom d'épouse, non. C'était un pan de son identité qui se refusait à elle, dans certaines circonstances particulières, quand il fallait une certaine solennité ou quand elle avait peur, comme ce jour à l'hôpital où elle était venue pour un examen banal et qu'elle s'était retrouvée dans le service cardiologie. Elle redevenait alors une enfant, la fille de son père.

Ma mère raconte plutôt aisément son enfance difficile avec un père doué pour la couture mais alcoolique, une mère issue d'une famille aisée et qui se retrouve sans le sou à la mort de son mari, trois sœurs plus jeunes, une intelligence et une ambition qu'elle ne peut déployer correctement dans ces conditions précaires... Mais quand je lui demande à quelle génération remonte la venue de ses ancêtres à l'île Maurice, elle ne sait pas. Elle téléphone à sa sœur, recoupe quelques informations, fouille dans ses souvenirs et, finalement, me confie qu'elle croit, non elle est quasiment certaine, que c'est son grand-père paternel, un homme qu'elle n'a jamais connu, qui est arrivé sur l'île. Ma mère, qui est une femme de précision et de détails, ne connaît ni son nom, ni son prénom, ni le travail qu'il faisait. Elle ignore également la date de son débarquement à Port-Louis mais elle me dit cette phrase qui m'émeut beaucoup : « Je sais qu'il avait un numéro, lui. »

Si je connaissais ce numéro, je l'apprendrais par cœur, aussi.

J'éprouve les limites de l'oralité. Je vis depuis plus de vingt-cinq ans à des milliers de kilomètres de mes parents et le cadre même dans lequel l'oralité se déploie n'existe plus : les repas, les réunions familiales, la préparation des repas, la visite et le soin des aînés. Mais si ceci est inévitable dans le monde actuel, il y a aussi au sein des familles victimes d'un grand déplacement (esclavage, engagisme, guerres, conflits) une chape d'invisibilité sur ces premiers déplacés. C'est un effet pervers de la déshumanisation (l'attribution d'un numéro, la perception de l'être humain en objet, commodité ou outil, les conditions de vie et de travail, le déracinement culturel et social) et de l'analphabétisme de la plupart de ces engagés.

Il y a aussi, à l'époque de la plantation, un quotidien si lourd que le temps pour cette mémoire écrite, pour cette mémoire attestée et vérifiée, n'existe pas. À quoi bon savoir exactement sa date de naissance quand la cloche du domaine sucrier sonne tous les jours à 5 heures du matin et qu'il faut faire son quota quotidien ? À quoi sert se rappeler l'orthographe exacte de son nom quand les corps et les esprits sont occupés à survivre et que toute sa vie est circonscrite par la plantation ? Comment imaginer un seul instant, dans ces années où même les enfants travaillent, où l'instruction n'est pas accessible encore, où la mort est fréquente, comment imaginer un seul instant que sa présence sur terre est digne d'être inscrite noir sur blanc ? Comment croire qu'on peut être un souvenir précieux, une mémoire à transmettre ?

Dans ma famille, il y a aussi l'envie de s'extraire de sa condition, de grimper l'échelle sociale, de s'instruire, de s'enrichir, de voyager, de faire autre chose. Je n'ai pas grandi dans la mémoire de l'engagisme ni dans le culte de l'Inde. Jamais le nom de mes ancêtres n'a été prononcé à voix haute, leurs photos et leurs numéros honorés. Nous devions respecter les coutumes et les traditions de notre communauté mais pas forcément connaître ceux qui nous les avaient léguées.

Alors de ces engagés-là, on sait peu de choses, on croit savoir, on dit : *peut-être, probablement, il semble que, c'est vieux tout ça, c'est fini ces choses-là.* Alors, pendant des années, j'ai cru et aimé croire que mes ancêtres avaient quitté l'Inde au début du XXe siècle et étaient arrivés en famille.

Mon esprit les a lavés, ces ancêtres, essuyé leurs visages, coiffé leurs cheveux, habillés de vêtements propres, éloignés des cales de bateaux et de la perspective du labeur quotidien des champs de canne. C'est une image presque proprette. C'est une mémoire délavée.

7/45
Sur le fil

3

Les archives de l'immigration indienne à Moka possèdent environ 454 000 fiches et quelque 175 000 photos prises à l'arrivée des Indiens au dépôt de Port-Louis. Certaines planches sont reproduites dans les livres, prêtées à des expositions, servent d'illustrations aux articles de journaux.

Les engagés ont des visages sombres, presque noirs, les yeux opaques qui regardent ailleurs, certains ont des rides profondes, des barbes épaisses, d'autres portent des bijoux, des cheveux ramenés en chignons, d'autres encore des turbans. Ils sont jeunes, ont l'air robustes, ils sont vieux et hagards. Il y a des enfants, aussi. Pourtant, pendant des années, ils forment une masse, un groupe lointain, quelque chose qui m'est familier mais qui ne m'est pas personnel. Je n'arrivais pas à les individualiser, je ne sais pourquoi. J'avais l'impression qu'ils portaient tous le même masque de cuir et de cire mélangés. J'imaginais le grain de ce masque, épais et

Le Port-Louis, vu du large.

moite, pas doux, pas tendre, pas vivant. Quand bien même je les observais longuement, ces visages, que je murmurais leurs noms et leurs numéros, ils racontaient toujours une histoire qui n'était pas la mienne.

C'est terrible à écrire, cette phrase.

Ils m'informaient, certainement, mais d'une manière détachée, éclairant en biais ma propre famille et son chemin. Ils m'intéressaient comme m'intéressent l'histoire de l'humanité, la transhumance des êtres depuis la nuit des temps et les façons multiples qu'ont trouvées les hommes d'asservir leur prochain.

Souvent j'ai essayé de comprendre ce détachement : pendant le temps éclair de la jeunesse, il y a, n'est-ce pas, tant d'autres choses à entreprendre que regarder en arrière, tant de langues à apprendre que retrouver celle de ses ancêtres, tant de nouveaux visages à aimer que de débusquer ceux à qui vous ressemblez sur les planches d'archives.

Peut-être que mon premier roman, *Les rochers de Poudre d'Or*, était une tentative de poser de nouveaux visages sur cette histoire pour que je me l'approprie. Les Badri, les Vythee, les Jay, les Chotti et les Ganga de mon roman, ceux que je peux voir encore marcher, monter sur le bateau, vivre et mourir sur l'eau, toucher terre, mordre la poussière, admirer les étoiles – des visages à la peau douce et tendre, des visages que je pouvais prendre dans mes mains et embrasser.

Mais aujourd'hui, j'ai l'impression que le temps se contracte, qu'il y a des choses qui m'appellent et qui ne peuvent se contenter de la fiction. J'ai l'impression que chaque année de plus sur terre me ramène au début de la boucle, vers ce bateau, vers ce couple et leur enfant de 11 ans.

4

Les fiches aux archives de l'institut Mahatma Gandhi sont froidement administratives. Les noms, prénoms, numéros, ports d'embarquement, villages ou districts d'origine, noms des parents s'il y a lieu, âges, dates d'arrivée, noms et numéros du bateau, détails de l'employeur, dates de décès. Elles sont plutôt complètes pour ceux qui les consulteraient en tant qu'éléments de recherche historiographiques et un peu frustrantes pour ceux qui comme moi les lisent dans l'espoir de percevoir ce qui est en creux, ce qui est indicible.

Je voudrais connaître l'heure exacte de leur arrivée, le temps qu'il faisait à Port-Louis, je voudrais pouvoir entendre la cacophonie du débarquement au dépôt, les cris, les appels, les ordres, les langues qui se mélangent, les pleurs, les soupirs. Voient-ils quelque chose de ce nouveau pays ? Les feuilles des grands palmiers peut-être ? Comment se tenaient-ils ? Les uns à côté des autres, en file, en groupe, étaient-ils divisés par famille, par genre, par catégorie d'âge, par employeur ? Avaient-ils peur ou étaient-ils soulagés d'être à terre, enfin ? Combien de temps entre leur descente du bateau, leur examen médical, leur enregistrement et leur départ pour le domaine sucrier ? Avaient-ils faim, soif, froid sur ce port, en plein hiver, où les vents du sud s'engouffrent jusqu'à la montagne des Signaux puis reviennent en tourbillonnant ?

Tout de même, je m'accroche à quelques détails qui agissent comme des lumières sur ces êtres passés et qui me font glisser dans un champ infini des possibles et des hypothèses. La fiche de mon trisaïeul (45 ans, un mètre soixante-cinq, mort en 1879, sept ans seulement après son arrivée) précise « cicatrice sur le nombril ». Quelle est l'importance de cette note ? Est-ce que cette particularité détermine sa compétence en tant que laboureur, comme le ferait un handicap physique ou une blessure ; est-ce un indice de son caractère (bagarreur ou maladroit ?) ou est-ce tout simplement un moyen plus précis de l'identifier ? Sa photo prise de trois quarts montre un homme émacié, le visage ovale, les cheveux ébouriffés, une moustache épaisse, les sourcils froncés, le pavillon et lobe de l'oreille larges, le regard au-delà du cadre (c'est quasiment la même pose pour tous les engagés). Il a des yeux qui semblent assez clairs, un air oriental plutôt qu'indien. Il y a des jours où je trouve que mon grand-père lui ressemble beaucoup, il y a des jours où je scrute en vain son visage à la recherche d'un trait commun. La fiche de son épouse (39 ans, morte en 1905) n'indique ni sa taille ni aucune caractéristique physique. Aucune photo n'y est attachée. Elle accompagne son mari et, par ailleurs, elle n'est engagée pour aucun domaine sucrier. Pour leur fils de 11 ans, la fiche indique qu'il fait un mètre soixante, une taille bien au-dessus de la norme de l'époque et d'aujourd'hui (un mètre quarante-cinq pour les garçons en Europe aujourd'hui).

Mon grand-père était un homme très grand pour sa génération et son ethnicité – plus d'un mètre quatre-vingt-cinq. C'est une caractéristique que j'ai toujours admirée et enviée, un gène qui ressort çà et là dans la famille. La mention de la taille me rassure sur la véracité de cette fiche mais le cliché qui l'accompagne montre un homme adulte, de face, le visage buriné comme un cuir tanné, la bouche entrouverte, les dents du bas proéminentes, peut-être un cas de prognathie. Il a les oreilles percées, une moustache, le visage carré, il regarde à gauche, vers le bas, comme si, juste avant le flash de l'appareil photo, il a vu quelque chose passer.

Shiamdass, un cousin issu de germain de mon père qui m'a transmis ces fiches, me dit que c'est probablement une photo prise plus tard, « à son mariage », mais cela me semble quasi impossible. Les archives regroupent les photos prises juste à l'arrivée des engagés. Ils n'auraient pas intégré dans leur base une photo prise des années plus tard, sur la plantation. Par ailleurs, la notion même de « photo de mariage » est inconnue pour les engagés de cette époque.

Ce regard, cette peau rendue luisante par le flash de l'appareil photo et la sueur, cet air sonné – c'est certainement un engagé qui vient de débarquer mais ce n'est pas mon arrière-arrière-grand-père, ce n'est pas un gamin de 11 ans qui vient de descendre d'un bateau après plusieurs semaines de voyage.

Les archives ne sont pas le reflet exact de l'histoire, elles sont perméables aux confusions, aux anachronismes, elles sont influencées par le contexte de ces prises de documentation, les erreurs humaines, le temps qui passe et qui délave, le hasard d'un dossier qui se mélange à un autre, une photo qui se décolle et qui glisse. C'est une mémoire imparfaite.

Pourtant, il y a des échos qui traversent le temps, et quand je regarde ces trois fiches et ces deux photos que j'ai étalées devant moi, j'ai l'impression de m'approcher d'un événement qui est arrivé en 1872 à la descente du bateau et qui, plus d'un siècle plus tard, est devenu une rumeur familiale. Ce n'est pas une vérité qui éclate, c'est plutôt l'impression d'avoir un mot au bout des lèvres et de ne pas pouvoir le dire à voix haute.

Il y a plusieurs années, ma mère m'a raconté une anecdote qu'elle avait entendue lors d'une fête familiale, un mariage probablement. J'aimais ces fêtes-là quand j'étais enfant et que mes grands-parents étaient encore vivants. Il y avait les trois générations de notre famille, un arbre dont les branches me semblaient infinies et immortelles : celle de mes grands-parents, de leurs frères et sœurs, de leurs cousins ; celle de mes parents, de leurs frères et sœurs, de leurs cousins ; la mienne, mon frère et mes cousins. C'était une même bulle bruyante, rieuse, désordonnée mais chaque génération avait son espace : les anciens dans la cuisine ou l'arrière-cour, les jeunes adultes dans le salon ou dans le jardin à jouer aux cartes, au domino, à boire des coups, et nous, les enfants, partout à la fois, dans les jupes des mères, sur les genoux des grands-parents, dans les arbres, cachés dans les armoires qui sentent la naphtaline, ou sous les lits pour une partie de cache-cache. Il y avait plusieurs langues dans cette bulle – créole, hindi, bhojpuri, telugu, français, anglais, franglais –, et parfois, au milieu des rires et des repas, il y avait des choses d'avant qui se révélaient.

Ma mère m'a confié qu'elle avait entendu dire que mes ancêtres paternels auraient perdu un enfant à leur arrivée à Port-Louis. Dans le cafouillage du débarquement des engagés au dépôt, l'enfant, en bas âge, aurait lâché la main de sa mère et plus personne ne l'aurait revu. J'avais été très émue par cette histoire et je n'ai jamais questionné sa véracité. J'ai grandi avec l'idée que ce que les anciens racontent forme une histoire intime et émotionnelle qui participe à la construction de leur tragédie ou de leur bonheur. Je prends l'habitude « d'habiller » ces histoires dans ma tête avec des couleurs, des paroles, un décor et je suppose que « habiller » est un autre mot pour incarner mais qu'est-ce que j'en sais, moi, je ne suis alors qu'une gamine. C'est également un moment où celui qui raconte – la grand-mère, le père, la mère – quitte son identité et sa responsabilité d'adulte pour redevenir un enfant, un adolescent, quelqu'un avec un champ des possibles devant lui. J'aimais, le temps de ces histoires, être avec cet enfant-là, cet adolescent-là.

Même si pour mon premier roman, j'ai usé et abusé du mot roman, je n'ai pas pu m'empêcher d'y introduire ce drame : un des engagés perd en effet son enfant dans la cacophonie de l'arrivée. Cela ne fait pas partie de la trame centrale et ça ne concerne aucun de mes personnages principaux mais je trouvais que cet incident évoquait de manière si juste la tragédie des migrations : le bruit et la fureur des mouvements de masse, les départs, les arrivées, les cris, on pousse, on tire, on tombe, on lâche la main de sa mère, la foule emporte, on disparaît à jamais.

Sur les fiches, mon trisaïeul a 45 ans, son épouse 39 et leur fils, 11 ans. Selon les normes et les pratiques de l'époque, où les mariages se contractent à un jeune âge et la progéniture nombreuse, cette famille est atypique. Des parents de cet âge et un seul enfant ? Je remarque alors que leurs numéros ne se suivent pas : 358444 pour lui, 358445 pour elle et 358448 pour le jeune garçon. À qui ont été attribués les 358446 et 358447 ?

Tandis que je regarde ardemment ces papiers comme si quelque chose de vivant allait en sortir, la rumeur familiale prend une autre dimension. C'est la faute à ce récit que j'écris avec un drôle de mélange – mon savoir, ma mémoire, mes souvenirs, ceux de ma famille, ma capacité d'imagination, ma volonté de combler l'absence – et il faut me pardonner parce que ce n'est qu'une hypothèse et là, maintenant, c'est ma vérité personnelle, c'est l'histoire que je choisis.

Je crois que dans la cacophonie et la bousculade de l'arrivée au port – certains bateaux transportaient jusqu'à 500 engagés – mes ancêtres paternels ont perdu non pas un mais deux enfants. Saisis par le choc de l'arrivée et de la séparation, ils ont peut-être donné un autre nom que le leur, celui de leur grand-père, de leur cousin ou simplement leur prénom comme cela se faisait souvent. Seul le petit de 11 ans est resté avec ses parents.

Je refuse « d'habiller » ici ce moment, je pense à eux tout simplement avec tendresse. Je refuse d'imaginer leur genre, leur âge, la possibilité qu'ils soient eux-mêmes séparés. Je les invoque ensemble et ils se tiennent la main.

Quand mes ancêtres quittent le dépôt de Port-Louis, ils intègrent la masse laborieuse du pays. Ils sont installés dans des baraquements au sein de la plantation et, dès le lendemain de leur arrivée, mon trisaïeul a commencé à travailler pour le domaine sucrier d'Antoinette, à quelques kilomètres du village de Piton où mon père est né, où j'ai moi-même grandi.

J'imagine sa journée à partir des ouvrages qui documentent le quotidien des engagés. Il travaillait dans les champs de canne dès 6 heures du matin. À 8 heures, il prenait un petit-déjeuner puis recommençait jusqu'à midi. Pendant sa pause méridienne, peut-être qu'il restait à l'ombre des flamboyants avec d'autres camarades, peut-être qu'il rejoignait sa femme et son fils dans leur hutte qu'ils partageaient avec d'autres coolies. La mère s'occupe des tâches ménagères, des repas, de leur enfant. Elle travaille parfois au désherbage et à la cueillette des légumes. À 14 heures, le père reprend le travail jusqu'à 18 heures et ensuite, il y a quelques heures de plus dans l'écurie à s'occuper des chevaux, à nettoyer. Le noir tombe comme une couverture lourde sur eux et le lendemain, il faut recommencer. Le fils, dès 1877, est également engagé comme laboureur.

Cette première et deuxième génération se fondent dans le vert pâle des champs de canne. Le souvenir des enfants égarés a tout de même résisté à l'effacement. Il a traversé l'histoire familiale, sans doute vivement d'abord, avec leurs noms et leurs visages encore inscrits dans la mémoire de leurs parents, de leur frère. Puis il se délite un peu, se floute, rétrécit, devient un enfant, un fantôme, une rumeur mais continue de passer de génération en génération, de bouche en bouche, comme le murmure des étourneaux.

5

Dans les récits de migrations, dans la fabrication mémorielle de ces histoires, il y a toujours le dépassement des tabous. Pour les engagés indiens, la traversée du *kala pani* est un interdit religieux. L'eau noire est celle de l'océan Indien par-delà laquelle les identités religieuse, culturelle, sociale seraient éclatées. Les Indiens avaient peur de cette traversée, et j'imagine le courage, le désespoir, l'envie ou la dose de folie nécessaires pour monter sur ces bateaux. Beaucoup craignaient une disparition pure et simple de leur « indianité », persuadés que celle-ci était préservée tant qu'ils étaient sur le sol indien. Pour des coolies qui ont peu d'éducation, cette perspective est terrifiante, pourtant, ils sont des centaines de milliers à le faire… Ce dépassement leur donne un supplément d'âme, une détermination que l'on peut retrouver sur certaines photos. Un port de tête, un feu intérieur brûlant, un profil, un regard.

Je me demande à quel moment cette peur continentale de l'eau s'est transformée en amour îlien de l'océan. Les insulaires sont persuadés des bienfaits de la mer. *Anu al pran ler la mer, al mars dan delo la mer,* disons-nous en créole. « Allons prendre l'air du bord de mer, marcher dans la mer. »

L'été dernier, ma mère a fait un AVC et, dans sa convalescence remplie d'exercices de rééducation qu'elle suivait à la lettre, elle a eu soudain un passage à vide, un grand moment de déprime. Aucune de nos paroles d'encouragement et de tendresse ne semblait l'atteindre. Sa peau a foncé comme si une fièvre intérieure la brûlait, sa bouche s'est close en un rictus, elle a cessé de parler. Nous l'avons alors emmenée à la mer. Même si, ce dimanche-là, elle n'a pas voulu rentrer dans l'eau, elle a fait quelques pas hésitants sur la plage, s'accrochant tantôt à mon père, mon frère, ma belle-sœur ou moi. Nous avons peu parlé. La brise marine était salée et fraîche comme au petit matin. Lentement, elle a lavé notre inquiétude ce jour-là. Ma belle-sœur et moi avons acheté des glaces, et ma mère nous a regardées les manger, le visage détendu. Elle nous a demandé, comme si nous étions des petites filles à nouveau : *c'est bon ?* Le lendemain, ma mère allait mieux. Son rictus avait disparu, son tonus musculaire était revenu, sa peau avait retrouvé sa couleur.

Je connais des personnes qui, dans des moments difficiles, alors qu'elles ont tout tenté et qu'il ne reste que ces croyances populaires qui soudain vous semblent remplies de bon sens, cherchent une plage peu fréquentée à l'aube. Elles rentrent dans l'eau, entièrement habillées, nagent le plus loin possible et, dans l'immensité bleue, elles se débarrassent de leurs vêtements et retournent, nues, sur terre. C'est un puissant symbole de renaissance n'est-ce pas ? Se débarrasser de ses oripeaux, les rendre à la mer, cette bouche immense et mystérieuse, laver son corps dans l'espoir d'un renouveau, d'une deuxième chance.
Mes parents aiment raconter la fois où, quand j'étais petite, ils m'ont emmenée à la mer et j'ai ouvert la portière de la voiture avant que celle-ci ne s'arrête complètement et je me suis mise à courir vers l'eau. Sans regarder derrière. Sans peur. Comme seuls courent les enfants. Je vais vite, j'ai ça dans les jambes, je tiens ça de mon père, et au lycée, j'ai aimé sprinter avec des crampons, sur des pistes synthétiques couleur rouille. Cette impression d'aller plus vite que tout le monde, plus vite que ses jambes, plus vite que son esprit même est une drogue. Peut-être est-ce pareil ce jour-là, sur la plage. Ma mère et mon père finissent par me rattraper mais ils sont jeunes, ils rient, ils ne me grondent pas, ce sont eux-mêmes de grands enfants.

Il y a des sous-entendus à cette histoire, selon

le contexte dans laquelle elle est racontée : mon amour de l'eau, mon intrépidité, ma naïveté à me jeter dans ce que je ne connais pas.

Je me demande combien il faut de générations pour qu'une peur disparaisse des mémoires.

Mes grands-parents ne nageaient jamais, ils restaient à l'ombre des filaos, ils regardaient la mer. Est-ce que leurs aînés leur avaient parlé de l'eau noire ?

Mes parents, eux, ne craignent pas du tout la mer. Mon père, par exemple, aime nager loin des berges jusqu'à être un point sombre qui flotte. Souvent il reste immobile, je crois qu'il aime être seul comme ça, bercé, porté par les vagues.

Il est vrai que j'ai toujours une impatience qui me submerge quand je vois l'eau. C'est un appel. Se déshabiller vite, courir, sauter ou plonger, effectuer quelques brasses. Au début, toujours, c'est magnifique, c'est exaltant. Mais une fois dedans, vraiment dedans, c'est une autre histoire.

Lentement, alors que rien ne l'impose, rien ne m'y pousse, j'éprouve la nécessité de savoir si j'ai pied. Je m'arrête lentement de nager, je regarde où j'en suis, j'essaie de calculer la distance qui me sépare du banc de sable. Je flotte un moment et rapidement, j'essaie de poser un pied. Si j'y arrive, j'analyse la manière dont j'y arrive.

La plante entière du pied qui touche : je peux nager encore un peu.

Les orteils, de manière franche : je nage en ligne parallèle à la plage, attentive désormais à ne pas m'enfoncer. Il y a ce mot dans ma tête, le même, qui revient chaque fois : « enfoncer ».

S'il n'y a que la pointe de mon pied qui effleure le sable : je m'arrête.

Si je n'ai plus pied, je bondis, apeurée, et je nage vers le sable, sur le dos, sur le ventre, qu'importe.

À qui vais-je avouer que j'ai peur de l'eau ? C'est ridicule. Qu'elle soit bleue ou verte ou grise ou transparente, une fois dedans, dès que je n'ai plus pied, elle me fait l'effet d'une eau noire où je vais m'enfoncer, qui va m'avaler entière. Partout c'est pareil. L'océan Indien, l'Atlantique, la Manche, la Méditerranée, les piscines, les bras d'eau, les canaux, les réservoirs, les rivières, les bassins.

Je me demande si on peut être étreint par une croyance ancienne qui n'est pas à proprement parler la vôtre. Je me demande si les peurs peuvent rester tapies pendant plusieurs générations et resurgir. C'est un sentiment, une incapacité, un tabou qui seraient transmis comme on transmet un trait, une manière de tenir sa cuiller, une façon de marcher.

Je ne crois pas avoir déjà entendu mes grands-parents parler de l'Inde. Ils se disaient telugu (ce qui est à la fois une langue et une communauté), ils priaient les dieux de la trinité indienne et d'autres demi-dieux du panthéon, ils ne mangeaient pas de bœuf, pas de porc, ils respectaient les traditions hindoues mais ils se sentaient mauriciens. Ils ne vivaient pas dans le culte d'une appartenance indienne ou dans le regret d'une terre patrie ancestrale. Dans les années quatre-vingt, mon oncle Rajen, le frère cadet de mon père, qui avait fait des études de droit et vivait en France, a voulu offrir à mon grand-père un grand voyage en Inde. Lui-même y allait assez régulièrement pour son travail et y passait de longs mois. Il avait imaginé un périple du retour dans les villages de l'Andhra Pradesh, des pèlerinages dans les temples, des balades dans les sentiers de traverse, une journée sur le port de Chennai. C'était une superbe idée, un cadeau précieux que ce voyage entre père et fils. Mon oncle et mon grand-père ont pris l'avion depuis l'île Maurice et leur absence devait durer deux longs mois. Mais à peine une semaine plus tard, le téléphone a sonné chez nous. C'était mon oncle qui nous informait qu'il avait mis son père dans un avion qui arriverait le lendemain même. « Il n'arrive pas à supporter l'Inde », a lancé, dépité, mon oncle. Ce verbe, supporter, accolé à un pays comme si ce dernier était un être vivant. À son retour, mon grand-père est resté alité plusieurs jours, fatigué et triste. Je me souviens de lui, allongé sur le côté dans son lit, le visage illisible pour l'enfant que j'étais. Il a dit peu de choses en se cachant les yeux. *Il y a trop de misère là-bas, trop de chagrin. Je voulais rentrer chez moi.*

Là-bas, il n'y avait plus rien pour lui, plus rien à lui. Chez lui, c'était donc l'île Maurice, cette île bleue par-delà l'eau noire.

Pourtant il y a encore les visages qui traversent le temps. Mon père m'a raconté que, lors d'un de ses nombreux voyages en Inde, il a vu une femme qui ressemblait à sa mère, décédée depuis plusieurs années, faire la manche à l'entrée d'un temple. Il a vidé ses poches, vidé celles de ma mère et s'il avait pu lui donner tout ce qu'il avait sur le dos, il l'aurait fait. Il avait essayé de lui parler mais celle-ci s'était éloignée, inquiète peut-être de l'attention étrange de ces deux touristes. Mon père avait été bouleversé par cette rencontre et je comprends sa réaction. Moi-même, la seule fois où j'ai été en Inde, j'ai cherché malgré moi des visages, des traits, j'ai été à la fois triste comme mon grand-père et démunie comme mon père. Qu'est-ce qu'on ne donnerait pas pour revoir encore une fois le visage des gens qu'on a aimés profondément ?

6

Trente-neuf ans séparent l'arrivée des premiers coolies de ma famille et la naissance de mon grand-père en 1911. Si ces trente-neuf ans ressemblaient à un vide noir et opaque, j'aurais pu écrire qu'il n'y a rien et ça aurait été facile. Sur ce rien, peut-être, avec l'aide de la documentation qui existe sur les engagés indiens je me serais laissée aller à broder, à imaginer. Mais il existe quelques traces et, quand j'essaie de les suivre, elles me font l'effet d'empreintes sur le sable, fragiles, éphémères, partielles, apparaissant tantôt ici, tantôt là.

Le jeune garçon arrivé avec ses parents est engagé par la famille Maroussem à Antoinette le 21 mai 1877. À 16 ans, il devient à son tour un laboureur. Il ne réapparaîtra qu'une fois encore dans les archives et ceci, de manière indirecte, à la naissance de son premier fils, mon arrière-grand-père, le 30 janvier 1888, à Camp Chevreau, qui se trouve à une dizaine de kilomètres d'Antoinette. En l'espace de onze années, il a changé d'employeur et de plantation, il s'est marié. Il aura également un deuxième enfant dont la date de naissance est inconnue. Peut-être meurt-il peu après la naissance de ce deuxième fils, ce qui pourrait expliquer sa progéniture peu nombreuse, rare chez les engagés pendant ces années-là. Mais qui suis-je pour éliminer une décision réfléchie, un acte délibéré d'avoir peu d'enfants dans ces conditions ? Pourquoi, sous prétexte d'une norme sociale et historique, je lui enlèverais un libre arbitre ?

Son premier fils, mon arrière-grand-père, se mariera deux fois et aura dix-sept enfants, tous nés à Camp Chevreau. Mon grand-père est son cadet, né de sa première union. Dans ma famille, ils disaient tous « Camp Sovo ». Quand j'entendais prononcer ce nom dans mon enfance, il me venait immédiatement des images de chevaux galopant au vent, persuadée que Sovo était leur prononciation créolisée de chevaux. En faisant quelques recherches rapides sur Internet, je découvre l'existence d'un Étienne Chevreau, intendant de l'île sous occupation française, et ce ne serait pas étonnant qu'un lieu-dit porte son nom.

Camp Chevreau est le lieu d'habitation des engagés travaillant au domaine Labourdonnais à Mapou, toujours dans le nord. Au sein de ces camps de travailleurs, la vie est rythmée par le travail intense dans les champs – des journées de douze heures, six jours par semaine. Certains enfants sont recrutés dès 7 ou 8 ans pour des travaux de désherbage par exemple et certains garçons sont officiellement sous contrat engagé à partir de 12 ans. Les femmes et les filles s'occupent de la maison, des repas, de la lessive ; certaines font des tâches domestiques dans la maison des propriétaires, du nettoyage à l'écurie, un peu de maraîchage, la garde ou le soin des animaux d'élevage.

Shiamdass, qui est né à Camp Chevreau en 1950, me décrit ce qu'il appelle « un village » – ce sont des huttes de torchis et petites maisons en dur qui servent de logements aux engagés et qui sont réparties selon l'organisation spatiale d'une plantation coloniale. Il y a les champs, le moulin, la grande demeure des propriétaires en retrait, puis, un peu plus loin, le camp d'habitation. Shiamdass n'a pas oublié la longue allée bordée de ces cases, d'un puits où les familles venaient chercher l'eau. Les logements sont minuscules, les toits en paille, les murs et le sol enduits de bouse de vache pour les isoler. Il se souvient vaguement des deux frères (son grand-père et celui de mon père) qui habitaient l'un à côté de l'autre et qui, dans les années quarante, ont été promus contremaîtres, *sirdars*. Quand Shiamdass a 5 ans, son père devient à son tour un sirdar et la famille emménage dans une petite maison en dur où le jeune garçon étudie à l'aide de lampes à pétrole. Il parle créole, hindi, bhojpuri, apprend l'anglais et le français.

Je n'oublierai pas ce qu'il me dit quand je lui pose des questions sur les relations employé-employeur, descendant d'engagés-propriétaire blanc : « Notre famille s'entendait très bien avec les propriétaires du domaine, les Blancs. Il y avait un respect mutuel. Ils écoutaient mon père et les grands-pères. »

En 1964, la famille de Shiamdass quitte Camp Chevreau et s'installe dans une maison qu'ils ont fait construire à Cottage, à quelques kilomètres de là. Si le parcours de Shiamdass est parfaitement exemplaire – études brillantes, carrière à Londres et à Nairobi, spécialisé dans la réassurance, retour à Maurice pour travailler dans une des plus grandes banques de compensation de l'océan Indien –, le destin de sa famille ressemble à celui de beaucoup de descendants d'engagés indiens à l'île Maurice.

Dans la première moitié du XXe siècle, ils réussissent à acheter des lopins de terre, s'installent comme agriculteurs ou commerçants, forment une communauté de plus en plus organisée, de plus en plus instruite.

Au-delà des représentations documentées des Indiens « dociles », des Indiens « bons travailleurs », le camp, pour les engagés, est également un lieu où ils se sentent un peu protégés. Le système patriarcal à plusieurs niveaux (le propriétaire puis le contremaître puis le laboureur et, au bas de l'échelle, la femme) agit comme une écluse qui retiendrait ensemble ce monde.

Le propriétaire domine, protège et paie ses employés ; le contremaître répond directement au propriétaire, surveille le travail du laboureur mais hors du travail, il est son égal et parfois un membre de sa famille ; le laboureur a peur de son propriétaire mais confiance dans son contremaître et peut prétendre, s'il travaille bien, à devenir lui-même contremaître ; la femme n'a pas de rôle autre que l'immense charge mentale et quotidienne du foyer et dépend directement de son mari / son père / son fils.

Le « respect mutuel » qu'a évoqué Shiamdass est une illusion, je crois. Ce système « plantationaire » ne fonctionne que par le jeu de dominants-dominés et comme dans un engrenage, il faut de l'eau, de l'huile, un lubrifiant quelconque pour que la machine avance. C'est ce jus qui est appelé docilité, respect mutuel, entente, obéissance ou je ne sais quoi encore.

Mon grand-père et ma grand-mère respectent leur rôle dans ce système, ils savent à quoi s'attendre, ils voient clairement les limites des rêves et des ambitions. Leurs parents et leurs grands-parents n'ont connu que la vie dans la plantation, c'est une île dans l'île, une prison dont les contours sont familiers, et ils n'ont encore ni les moyens ni la latitude mentale pour s'imaginer vivre hors de ces murs imaginaires.

Les engagés sont regroupés en famille mais aussi en communauté, selon le lieu d'origine, la religion, la langue et parfois la caste. D'après les souvenirs de Shiamdass, les membres de ma famille vivaient côte à côte. Les engagés indiens à Maurice désirent maintenir autant que possible leur culture, les traditions de leur village, les coutumes ancestrales. Cela passe par la langue, la cuisine, par les vêtements, la musique, les cultes et la pratique religieuse.

L'un des principaux piliers de cette démarche endogamique (qui est également une forme de résistance de cette communauté à la créolisation) est le mariage arrangé. C'est un « contrat » entre familles, selon la caste, l'âge, la provenance géographique. Les couples sont composés par les parents ou les grands-parents, parfois dès la naissance même des enfants, et cet accord oral est concrétisé par le mariage religieux mais l'union elle-même est effective (et consommée) plus tard.

Au temps de mes grands-parents, dans le camp, les cérémonies sont simplement religieuses, sans apparat. Elles ont lieu à des dates auspicieuses déterminées par celui ou celle qui sait lire dans les lignes du ciel et le cycle de la lune. Elles se déroulent à la nuit tombée, après la journée de travail et, parfois, le dimanche.

J'ai toujours été fascinée par la vie qui suit un sillon bien tracé et qui soudain, par la grâce d'un hasard, par le couperet d'un drame, devient extraordinaire. Mes grands-parents ont connu les deux – la grâce et le drame.

La grâce vient en 1925. Mon grand-père a 14 ans, il est déjà un grand gaillard et, suivant la destinée qui est la sienne, il ne va pas à l'école et il est très certainement déjà un laboureur. Les contrats d'engagés n'existent plus mais il travaille et vit sur le même domaine que son père et son grand-père. Je le vois partant à l'aube dans les champs avec sa serpe sur l'épaule, abattant des cannes à sucre les unes après les autres. Un coup sec pour décapiter la fleur de la canne en faisant attention à ne pas se prendre les petites fleurs piquantes de la panicule, puis un coup en biais vers le bas et le corps de la canne qui s'abat dans un bruit de feuillage. Il fait ça vite, il fait ça bien.

Je n'ai aucune peine à l'évoquer ainsi, il s'en dégage même un sentiment de jeunesse puissante comme s'il était hors du contexte de la plantation, hors du labeur intensif.

Ma grand-mère a 12 ans, elle est si petite et si maigre qu'elle pourrait passer pour une enfant. Elle aussi, jusque-là, obéit à la destinée tracée pour elle. Elle vit dans un autre camp de travailleurs à quelques kilomètres de là, elle aide sa mère, elle désherbe, elle fait le ménage, la lessive, elle n'est jamais fatiguée, elle ne rechigne jamais, c'est une fille joyeuse. Elle aime bavarder avec ses sœurs et ses cousines, et parfois elle est grondée à traîner dans son travail parce qu'elle est comme ça, avide des potins, des histoires, des on-dit, des rumeurs.

Mes grands-parents parlent telugu, la langue de l'État indien de l'Andhra Pradesh, mais également hindi et bhojpuri, qui sont utilisés par une grande majorité des engagés venus de l'État du Bihar. Ils sont beaux tous les deux. Ma grand-mère a des pommettes hautes et rondes qui lui donnent un air espiègle quand elle sourit. Ses cheveux lui arrivent au creux des reins et, si elle ne les huile pas, ils sont épais et légèrement ondulés. Mon grand-père a des yeux couleur noisette qui parfois tournent au gris. Il marche la tête haute, dépassant tout le monde, il n'a pas encore appris à se courber. Ils ne parlent pas encore créole, même s'ils l'entendent parfois. Ils ne se connaissent pas et si le destin n'aimait pas jouer des tours, ils ne se seraient jamais mariés.

Mon grand-père, en 1925, a déjà perdu sa mère, et son père s'est remarié avec une autre femme dont l'écho familial répète encore qu'elle était claire de peau et pas très gentille avec les premiers enfants de son mari (dans cet ordre-là, la couleur avant le caractère). Quoi qu'il en soit, c'est elle, la belle-mère, qui est là ce soir-là.

Les aînés ont organisé un double mariage : celui de mon grand-père et de son frère aîné, avec deux filles – ma grand-mère et sa cousine, qui sont du même âge. Tout est comme il faut :

ce sont deux familles de même religion, de même caste, elles sont originaires de l'Andhra Pradesh, les planètes sont alignées, leurs horoscopes correspondent.

Dans ce monde où l'apparence n'a pas grande importance, je ne sais qui, soudain, pointe les différences de taille et de corpulence des enfants à marier. D'un côté il y a mon grand-père qui est musclé, grand déjà, et son frère, de taille moyenne pour ne pas dire petit, le corps plus enrobé. La cousine de ma grand-mère est ronde, de taille normale. Ma grand-mère, elle, est très menue.

Pour que les couples apparaissent harmonieux, mon grand-père est ainsi promis à la cousine, son frère aîné à ma grand-mère.

Les enfants – puisque c'est ce qu'ils sont – sont un peu mieux habillés que d'habitude. Les filles sont en sari rouge, les garçons sont en blanc. Les adultes sont certainement fatigués de la journée, il faut faire vite parce que le lendemain, ça recommence – le champ, la canne, les herbes, la terre à labourer, les enfants à nourrir.

Ce double mariage est également l'occasion de faire d'une pierre deux coups. Ces cérémonies ont lieu en cachette des propriétaires, à la va-vite ou presque puisque, selon la loi britannique en vigueur dans l'île Maurice coloniale, le mariage des enfants est interdit.

J'imagine quelques lampes de terre allumées çà et là ; quelqu'un joue-t-il d'un instrument en sourdine, ces clochettes indiennes dont le son est cristallin, délicat ? Est-ce que les femmes ont pu préparer un repas spécial, peut-être le *phénus*, ce plat sucré préparé avec le premier lait d'une vache qui vient de mettre bas ? Les hommes ont débité du bois de camphre pour le feu sacré, les familles ont mis de côté l'huile et le beurre clarifié.

Le prêtre est arrivé, les promises aussi, qui viennent d'un autre camp un peu plus au nord. Elles attendent, derrière leur mère, leur tante, leur grande sœur. Elles ont déjà assisté à des cérémonies auparavant : les rites de passage que sont la naissance, le mariage, la mort sont essentiels dans la vie de la plantation et des engagés. Ils marquent la continuité des rites du pays ancestral, ils scandent le temps qui passe. Le détail des liturgies et les prières se transmettent de génération en génération – ils disent les origines mais révèlent également une croyance dans la magie de l'univers.

Quand elle est devenue à son tour une ancienne, ma grand-mère a maîtrisé le langage de ces choses-là : quand jeûner, qui prier, quel rite accomplir, comment faire de son mieux pour que les dieux ne vous en veuillent pas, quelle action nécessite pénitence, quel rêve nécessite dévotion.

Mais là, maintenant, elle n'a que 12 ans. Avec sa cousine, elle attend que la cérémonie commence. Les promis ne doivent pas se voir avant le mariage et les filles attendent séparément des garçons.

C'est leur tour aujourd'hui. Je ne sais pas si elles ont peur, je ne sais pas à quel point elles comprennent ce qui se passe. Ma grand-mère bavarde peut-être.

J'imagine que mon grand-père et son frère pensent à leur mère décédée quelques années avant. Peut-être qu'elle aurait fait les choses différemment, elle. Elle ne les aurait pas casés ensemble, le même jour, tel un lot commun. Comme une tâche à accomplir et à classer derrière soi. Les pères sont là mais ils ne s'occupent pas de ces choses-là, eux, ils ont bien trop à faire, ils sont bien trop fatigués. Le soir, pour se détendre et oublier les courbatures, ils avalent du tilambic, un rhum distillé de manière artisanale. La cérémonie, c'est l'affaire des femmes.

Le noir des nuits à Camp Chevreau est épais. On marche dedans comme dans une matière et elle nous avale. On ne voit pas ses jambes, on ne voit pas ses mains. Peut-être que les petites lampes de terre ne suffisent pas à éclairer les visages, peut-être que les filles sont habillées d'un même rouge, peut-être que la belle-mère ne fait pas assez attention, peut-être que le prêtre a bu un verre de trop, peut-être qu'un des garçons ne veut pas y aller en premier, peut-être que tout le monde n'attend qu'une chose : que cette journée se termine et que toutes les pensées se referment comme les fleurs de nénuphars pour la nuit.

Ce moment explose dans ma tête en une infinie de possibilités et je voudrais toutes les écrire, toutes les décortiquer, toutes les examiner avec une loupe pour connaître la vérité. Là, maintenant, je n'ai rien à faire de la fiction, de l'imaginaire, je voudrais savoir l'impossible : le déroulé exact.

Dans la hutte en torchis où ont lieu les cérémonies, un des garçons s'avance, un collier de fleurs de frangipaniers autour du cou. Il regarde ses pieds, il ne sait pas quoi faire d'autre. Une des filles s'approche aussi, menée par sa mère. Elle regarde aussi ses pieds, elle est trop gênée, trop timide, pour lever les yeux vers celui qui deviendra son mari. Elle aussi a une guirlande de fleurs autour du cou, un mélange d'œillets d'Inde et de frangipaniers roses. Leur parfum mélangé est entêtant.

Il faut faire vite, le prêtre n'a pas tout le temps du monde et en plus il y a un deuxième mariage à la suite. Il faut faire vite parce que tout ce qui est lié à l'intimité et à la vie personnelle des engagés doit se faire discrètement, sans trop de bruit. Ils n'ont pas encore la légitimité d'affirmer leur culture et leurs pratiques. Ils sont des dominés, et dans leurs corps et dans leurs esprits.

La première cérémonie commence. Le prêtre, tout en psalmodiant, attache l'écharpe du garçon au bout du sari de la fille. Pourquoi personne ne fait attention à ce qui se passe ? Que fait la belle-mère de mon grand-père ? Que fait la mère de ma grand-mère ? Dans ce clair-obscur où se mélangent le parfum des fleurs, l'odeur du bois de camphre qui brûle et la fumée de l'encens, c'est attaché à la plus petite des cousines, c'est-à-dire ma grand-mère, c'est-à-dire la promise de son frère, que mon grand-père accomplit les sept tours autour du feu sacré. Aucun des adultes présents ne se rend compte de la méprise : mes grands-parents sont seuls au monde.

Les sept tours représentent les sept promesses de la vie conjugale : nourrir sa famille, une vie saine, un quotidien apaisé, un amour constant, des enfants, une longue vie, la loyauté. À la fin du septième tour, quand enfin les deux enfants lèvent la tête pour pouvoir s'échanger les guirlandes, les adultes se rendent compte de la méprise.

Les couples se sont intervertis !

Il est trop tard, les rites sont quasiment tous accomplis, il n'y a pas d'autre choix que continuer. Il reste le dernier des rites, le plus important, le plus significatif. Mon grand-père attache au cou de ma grand-mère une corde jaune sacrée qui a fait d'elle une femme mariée pendant que quelques pétales de roses sont lancés sur eux. Comme il a dû se pencher, ce grand garçon, pour pouvoir attacher ce lien qui signifiait une alliance au cou de cette fille si petite.

Cette double cérémonie, planifiée de longue date, a échappé à ces adultes et j'imagine qu'ils ont tous pensé la même chose : que c'était une intervention divine.

J'ai appris cette histoire quand j'avais 16 ans. Mes parents, mon frère et moi vivions depuis plusieurs années dans la banlieue de Curepipe, au centre de l'île. Pendant quelques semaines, mes grands-parents étaient venus habiter avec nous. Ma grand-mère s'était fait poser un pacemaker et elle était au repos. La retrouver quand je rentrais du lycée était d'une douceur incroyable ; peut-être que c'était un retour d'enfance pour moi mais je trouvais que tout était apaisé : ma mère, mon père, nos relations, la manière dont on dînait, dont on parlait, le doux glissement des heures. Mon frère et moi étions aux petits soins avec eux, même si nous avions beaucoup de devoirs, de leçons, de cours de sport, des vies remplies d'adolescents.

Le week-end, la maison était toujours pleine de visiteurs, car ma grand-mère était très aimée, populaire même. Elle connaissait tout le monde, elle était la dépositaire d'un millier de secrets. Un samedi après-midi, une de ses cousines était venue lui rendre visite. C'était une dame bien en chair, plutôt grande, très souriante et qui s'exprimait avec beaucoup plus de volubilité que mes grands-parents. Elle les taquinait affectueusement comme le ferait une petite sœur. Elle avait l'air plus jeune mais en réalité elle avait le même âge que ma grand-mère.

C'était elle, la cousine qui devait épouser mon grand-père, et par cet après-midi d'été, à Curepipe, elle nous a raconté cette méprise. Elle a dit : « Ils voulaient marier le grand avec la grande, le petit avec la petite mais le bon Dieu a décidé à leur place. »

Quand elle a raconté cela, elle était pliée de rire. Elle avait une joie communicative, elle qui avait perdu son mari (le frère aîné de mon grand-père) il y avait plusieurs années. Elle a ajouté : « Heureusement qu'ils se sont trompés, sinon il y aurait eu des géants d'un côté et des nains de l'autre ! » Mes parents étaient tout aussi incrédules que mon frère et moi. Quelle histoire incroyable, ne cessions-nous de répéter ! Mes grands-parents, eux, semblaient presque gênés qu'on leur rappelle le jour de leur mariage. À quoi pensaient-ils ? Se rappelaient-ils cette journée ? Ils sont restés en retrait ce jour-là, comme s'ils écoutaient une histoire qui ne les concernait pas ; ils n'ont pas dit un mot, ils n'ont pas raconté leur version, ils ont gardé leurs pensées pour eux. J'ai regardé attentivement mes grands-parents et pendant quelques instants, d'une manière fugace et floue, il m'a semblé apercevoir les enfants qu'ils avaient été ce soir-là, baissant la tête, la nuque alourdie par les guirlandes de fleurs, le cœur battant, l'estomac noué. Je voyais les mains tremblantes de mon grand-père attacher les deux extrémités du lien jaune autour du cou menu de ma grand-mère.

C'est comme si les mots de cette cousine avaient agi comme un révélateur, et je découvrais, ébahie, le palimpseste qu'étaient mes grands-parents.

Je voulais bien sûr leur réclamer des détails mais leur attitude ce jour-là – surtout celle de ma grand-mère qui n'était jamais la dernière à discuter, à raconter, à rajouter son grain de sel – m'en a empêchée. Ils n'étaient pas à l'aise, c'était évident. J'ai pensé que c'était leur pudeur innée – jamais ils ne parlaient de leur intimité, de leur vie de couple. Ils ne partageaient pas le même lit, se touchaient rarement et, pour leur anniversaire respectif, ils s'embrassaient furtivement sur la joue.

Je me souviens que l'unique fois où ma grand-mère s'est fâchée contre moi c'est quand je lui ai suggéré de partager le lit de son mari quand elle allait visiter une de ses filles parce que j'avais appris qu'elle dormait sur un matelas par terre. Elle a ouvert grand la bouche, m'a donné une tape sur l'avant-bras, a tourné les talons en marmonnant *Ram Ram Ram* (une incantation au dieu Rama qui lui venait aux lèvres quand elle était choquée) et elle ne m'a plus adressé la parole de la journée. Je l'avais offensée. J'avais suggéré quelque chose qui, dans son esprit, était très inapproprié, indécent même. Dormir dans le même lit que son mari ! Est-ce que cela signifiait obligatoirement, pour elle, avoir des relations sexuelles ? Est-ce comme cela qu'elle a éprouvé sa vie féminine, sa vie sexuelle ?

Je savais que si je leur posais des questions sur cette méprise, je risquais de toucher à leurs tabous – le corps, le sexe, le lit commun – et je n'ai rien demandé. Même maintenant, ces lignes sont mues par l'envie de les respecter tels qu'ils étaient, de ne pas appliquer sur leur vie l'éclairage auquel nous sommes habitués, aujourd'hui. Cette lumière crue qui ne laisse aucune place au doute, à l'ombre douce, au peut-être.

Aujourd'hui, je sais que leur retenue était également le résultat d'une blessure profonde et humiliante survenue après leur mariage.

Quand j'étais enfant et que j'habitais avec eux dans cette maison immense à Piton, ma grand-mère m'emmenait souvent en promenade. Quand on s'approchait de l'endroit où était Camp Chevreau, ma grand-mère me l'indiquait du menton, en chipant des lèvres. « C'est le camp là-bas, disait-elle. Il ne faut pas y aller. » Je ne savais pas lire l'expression de son visage, on aurait dit qu'elle était dégoûtée, qu'elle était en colère. Je pensais que c'était le souvenir d'une vie difficile dans les champs de canne alors je disais « non, je n'irai jamais là-bas » et je lui serrais la main plus fort.

Elle aurait pu me raconter ce camp avec sa longue allée, ses cases, ses champs, elle aurait pu me raconter elle-même ce fameux soir de ses 12 ans où elle s'est retrouvée mariée à un gars si grand qu'elle devait lever la tête pour le regarder. Elle aurait pu en rire après toutes ces années, comme sa cousine. Mais pour mon grand-père et elle, cette belle méprise a été à jamais teintée par le drame qui leur est tombé dessus dix ans à peine après cette cérémonie.

7

Je ne connais pas exactement le nombre d'enfants dont a accouché ma grand-mère. J'ai entendu treize, j'ai entendu quinze. Seuls sept ont survécu : quatre filles et trois garçons. Enceinte, ma grand-mère travaillait jusqu'au dernier moment dans les champs. Elle a raconté à ma mère qu'elle ne laissait personne connaître exactement le terme de sa grossesse parce qu'elle ne voulait pas de mauvais œil sur elle et sur son enfant à naître. Quand elle ressentait des contractions, elle disait qu'elle se sentait fiévreuse et rentrait à la maison. Là, elle accouchait toute seule, accroupie, sur une toile de jute.

J'aimerais pouvoir faire de cette dernière phrase quelque chose de banal. J'ai cherché à l'écrire différemment, à remplacer les mots par d'autres – moins évocateurs, plus flous, moins précis –, pour que cette phrase dise ce qu'elle a à dire mais qu'elle le dise de manière détournée, qu'elle devienne fine et plate et banale et qu'on puisse la lire comme une information un peu insipide. Je pourrais aussi y ajouter des adjectifs, des adverbes, d'autres mots encore, parler de ce qu'il y a autour, du décor, du temps, je pourrais tergiverser, noyer cette information dans des éléments de documentation, dans des statistiques.

Comme c'est étrange cette marche arrière tout à coup. À essayer de rajouter du flou, de l'à peu près, de l'accessoire, je tente de faire exactement le contraire de ce que je fais d'habitude quand j'écris.

Pourtant, elle est là, cette phrase, et elle porte la vérité implacable d'une femme qui connaît son corps par cœur, qui accouche comme si elle était la première humaine au monde, son instinct mammifère / animal / maternel poussé à fond, une femme qui a éprouvé et accepté sa solitude face à un monde dont elle se méfie.

Je me suis souvent demandé pourquoi elle, qui était si généreuse, si sociable, si serviable, se méfiait tant des autres. Je sais que sa génération a été nourrie de superstitions, que l'absence d'instruction et d'éducation conduit à donner au réel, qu'il soit dramatique ou joyeux, des significations magiques. Elle avait vécu dans un monde où la vie et la mort étaient séparées par une ligne si fine ; elle croyait fermement en ses dieux et pensait aussi que le diable cherchait constamment un moyen pour nous sauter dessus.

Dans les cérémonies religieuses, les chants sacrés pouvaient la faire entrer en transe. Sa dévotion et sa concentration étaient telles qu'elle basculait dans un état mystique. Elle tremblait puis se mettait à onduler, à danser. Ce n'était pas effrayant, même pour l'enfant que j'étais. C'était une transe tranquillement joyeuse qui durait le temps de la prière. Je me souviens qu'ensuite son visage était transfiguré, comme éclairé de l'intérieur et tout le monde allait vers elle. Elle avait été en communication avec un être supérieur, disaient les gens, elle avait été un ou une autre pendant quelques instants. Son hypersensibilité explique, en partie, sa croyance dans le surnaturel et elle passait beaucoup de temps à essayer de nous protéger contre ce qui ne se voit pas, ne se soupçonne pas, ne se prévoit pas, ne s'annonce pas. C'était, je suppose, sa fiction à elle, son imaginaire propre et elle l'habillait avec des gris-gris, des rituels, des prières, des tabous, du sel par-dessus l'épaule, des jeûnes réguliers, des pèlerinages aux quatre coins de l'île. Souvent je me fais la réflexion qu'elle avait des superstitions d'enfants : si tu mets ta culotte à l'envers, tu seras protégée de la jalousie. Si tu poses le pied droit en premier en descendant de ton lit, ta journée se déroulera bien.

Peut-être qu'en ce jour de 1934 elle avait mis

sa culotte à l'endroit et posé le pied gauche par terre ? Peut-être que, ce jour-là, elle avait été distraite par cette chose qui nous arrive tous : une confiance momentanée et illusoire dans la vie qui nous fait baisser la garde, qui nous rend moins méfiants, moins attentifs, qui nous fait oublier combien elle peut être chienne.

Quelques années après son mariage religieux – peut-être à ses 16 ans quand le mariage pouvait être légalisé par un des parents ou peut-être à 18 ans – ma grand-mère est venue rejoindre son époux à Camp Chevreau. Sa cousine aussi a rejoint son mari. Sur la plantation, elles connaissent du monde : il y a des oncles, des tantes, des cousins.

En 1934, c'est une communauté dont le quotidien est balisé entre le travail dans les champs de canne, la culture des terres de maraîchage que les descendants de coolies louent aux propriétaires et sur lesquels ils plantent des légumes qu'ils consomment ou vendent. Certaines familles élèvent également quelques animaux – chèvres, vaches, poules. Mon grand-père est toujours laboureur, il a 23 ans. Comme son père, il a la perspective de devenir un jour contremaître, de gagner un peu plus d'argent. Je ne sais pas si l'espoir de quitter le camp existe pour lui. Peut-être en rêve-t-il parfois ?

Une rue dans le camp Malabar, au Port-Louis.

En 1934, les conditions économiques à l'île Maurice sont mornes. Depuis la Grande Dépression de 1929, les prix du sucre ont chuté et l'ancienne île à sucre prospère a du mal à résister. Les usines sucrières procèdent à des mesures d'économie : licenciements, coupes budgétaires, baisses des salaires, emploi des femmes et des enfants à un coût moindre. En 1927, le salaire quotidien d'un laboureur est de 1,25 roupie ; en 1932, il est descendu à 45 sous. Un cyclone intense avec des vents de 137 kilomètres par heure a traversé l'île Maurice en mars 1931 et d'après un télégramme du gouverneur de l'île Maurice au bureau colonial, il a décimé les champs de canne. On ne peut qu'imaginer les dégâts dans les camps de laboureurs où les cases sont en torchis.

En 1934 donc, ceux qui ont un emploi, si peu payé soit-il, le gardent. Les épidémies – coqueluche, malaria, ankylostomose (une infection aux vers) – sont en hausse. Il y a même une manifestation de laboureurs sans emploi à Port-Louis, réclamant du travail. La « protection » qu'offre ce lieu semi-clos qu'est la plantation avec les journées rythmées par le travail au champ, une communauté, des habitudes qui donnent l'illusion d'échapper au pire, n'est pas à minimiser en ces temps de disette.

Mes grands-parents viennent d'avoir leur premier enfant, une fille née en 1933, prénommée Tara. Je l'ai bien connue, ma tante aînée. À la fin de sa vie, elle habitait dans une jolie maison dont le salon était décoré de dizaines de tableaux montrant Jésus Christ les bras ouverts ou les mains sur le cœur. Elle s'était convertie dans les années quatre-vingt et assistait chaque dimanche à la messe dans une église évangélique de sa localité. Elle disait souvent qu'elle était « dans le bonheur » depuis qu'elle avait changé de religion. Ça me faisait rigoler quand elle parlait comme ça, comme si elle vivait désormais dans un conte de fées. Elle était grande, très belle et j'ai souvent pensé qu'elle aurait pu faire du cinéma avec un tel visage. Il y avait toujours chez elle des sodas aromatisés à l'amande, à la framboise, à la mangue – des boissons industrielles qui coloraient la langue, les dents, l'intérieur des joues et que j'adorais. Quand elle apprenait que j'étais de passage à l'île Maurice, elle venait déposer un sachet de beignets, un paquet de bonbons, une boîte de biscuits et je savais qu'elle tenait cela de sa propre mère, cette inclinaison merveilleuse à faire des kilomètres pour simplement offrir quelque chose de sucré à une personne et ce geste dit : j'ai pensé à toi.

En 1934, chaque laboureur a un rendement quotidien à accomplir pour gagner son salaire. Ce travail, pour mon grand-père, selon ses propres mots, se mesurait en « gaulettes ». La gaulette est une unité de mesure de surface agricole qui sert à comptabiliser la tâche (le désherbage ou la coupe) et correspond à 10 pieds de long pour 5 pieds de large. Un pied équivaut à peu près à 31 centimètres.

C'est la fin de la journée, je ne sais pas si c'est l'été ou l'hiver, et ma grand-mère est enceinte de son deuxième enfant. Mon grand-père a terminé son travail et attend que le contremaître valide ses gaulettes pour pouvoir recevoir son dû. Le contremaître, un Blanc, déclare à mon grand-père qu'il n'a pas terminé son quota du jour. Ce dernier n'est pas d'accord et argumente. Le ton monte.

Je ne sais pas ce qui remonte dans le corps et le cœur de mon grand-père à ce moment-là et qui le met hors de lui. Est-ce la mémoire enfouie des années de labeur et d'asservissement ? Ces micro-humiliations que subissent chaque jour les laboureurs, la difficulté renouvelée au quotidien, le sentiment de tourner en rond ? Est-ce l'injustice de trop ? Mon grand-père s'approche du contremaître, la conversation s'envenime et, soudain, il frappe le contremaître. Ce dernier s'affale, perd connaissance.

Une seule fois, mon grand-père a évoqué cet incident devant moi et il a utilisé une phrase longue, au souffle saccadé. « Le Blanc a menti, j'avais bien fait mes gaulettes, il disait que je n'avais pas fini mon travail, il ne m'écoutait pas, je lui ai mis un coup, il est tombé. » Mon grand-père a accompagné cette phrase d'un geste ample de son bras, comme s'il donnait une grande claque dans l'air.

Dans ses yeux est passé un éclair et ses iris ont soudain viré au gris. Il a laissé tomber son bras et il a semblé tout à coup encombré d'une grande fatigue physique. Il s'est tu. Il ne m'a pas raconté la suite et par son attitude, ce mouvement de retrait qu'il avait fréquemment, soit il tournait le dos et s'éloignait, soit il s'asseyait sur la première chaise trouvée avec une lenteur décuplée en regardant ailleurs, j'ai compris qu'il fallait en rester là.

Je repense, maintenant, à cette phrase de Shiamdass, le cousin de mon père : « Notre famille s'entendait très bien avec les propriétaires du domaine, les Blancs. Il y avait un respect mutuel. » Je suppose que mon grand-père a fait éclater cette affirmation comme on éclate une gueule.

Cet événement a été recouvert de cette manière feutrée qu'ont certaines familles de recouvrir quelque chose dont elles ont honte. Elles n'en parlent jamais ouvertement, elles disent : *je ne sais pas, j'ai oublié, personne ne m'a rien dit, chut, les gens n'aiment pas raconter ces choses-là.*

Le temps, lui, passe comme un rouleau compresseur et ceux qui savent meurent avec la vérité.

Mon père me donne quelques détails de plus qu'il a glanés ici et là, dans des conversations où, enfant, il a laissé traîner l'oreille. Dans la dispute, le contremaître aurait insulté la mère de mon grand-père, en créole. *Faloutorma*, ce qui pourrait se traduire littéralement en « la chatte de ta mère » ou, plus largement, « ta mère la pute ». C'est cette insulte qui aurait fait sortir mon grand-père de ses gonds. Il frappe donc d'un ou de plusieurs coups ce contremaître, avec un coup de pioche ou avec sa main, et moi qui ai vu mon grand-père, à plus de 60 ans, soulever des barriques d'eau, des briques, déplacer des meubles, je ne peux qu'imaginer sa force quand il avait 23 ans.

Il y a aussi cette blessure chez mon grand-père que je perçois maintenant en écrivant ce livre : la perte de sa mère quand il était enfant. Il n'y a aucune trace de cette femme – il ne reste même pas l'écho de son prénom – mais je suis certaine qu'elle existait dans l'esprit de son fils, de manière palpable et incarnée, et que cette insulte lui a fait oublier qu'il était un laboureur, un subordonné, un obligé, un dominé, un descendant d'un coolie et soudain, il est redevenu le fils de sa mère.

Mon grand-père est arrêté immédiatement. Il est présenté devant un juge et condamné à plusieurs mois de prison. Le contremaître s'en est sorti avec une commotion cérébrale.

Le geste d'insubordination de mon grand-père ne lui sera jamais pardonné dans sa communauté, dans ce camp, dans cette plantation, même à la fin de sa peine.

La peine. Ce mot si extraordinaire qui définit la punition qu'inflige la société à un individu. Mais la peine du cœur, la peine du corps, la peine prolongée de l'injustice, la peine qui se transmet comme une maladie, comment les quantifier, ces peines-là ? Quelle est leur unité de mesure, en combien de gaulettes pourraient-elles être mesurées, et surtout, quand s'arrêtent-elles ?

8

Ma grand-mère accouche de son deuxième enfant pendant l'incarcération de mon grand-père. C'est une fille, elle s'appelle Saroj. C'est chez elle que ma grand-mère a vécu les dernières années de sa vie et qu'elle s'est éteinte. Je me souviens que quelques instants avant la levée de son corps, dans la cour de la maison de ma tante, mon grand-père s'est penché sur son cercueil ouvert, a détaché la corde jaune du cou de son épouse et l'a présentée devant tout le monde, comme le veut la tradition. Ce lien, noué en 1926, dans le clair-obscur d'une hutte en torchis. Est-ce qu'il repensait à cette nuit dans le camp ? Est-ce qu'il se rappelait le poids de la guirlande et l'odeur des fleurs ? Est-ce qu'il lui est revenu en mémoire un événement en particulier de toutes leurs années de mariage ou est-ce que cette vie ensemble était soudain, ici, contenue dans cet instant poignant, ce moment où il a tenu dans ses mains le symbole de leur union ? Ce jour de mai 1996, le soleil était au mitan du ciel et il pleurait.

C'est peut-être son propre père, cet homme qui était lui-même contremaître, qui avait de « bonnes relations avec les Blancs, basées sur un respect mutuel », qui a imposé le silence autour de l'incarcération de mon grand-père. Est-ce qu'il a été choqué de l'insubordination de son fils, a-t-il eu peur des répercussions de ce geste violent, a-t-il voulu protéger le reste de sa famille, voulait-il préserver sa place de contremaître au sein de la plantation, une place gagnée après des années de labeur ? Était-il atteint du syndrome des petits chefs qui veulent trop bien faire et montrer leur force, leur détermination, leur dureté aussi ? Est-ce qu'il a eu honte, en tant que père, d'avoir un fils en prison ? Est-ce qu'il l'a moins aimé, après ?

Ce silence s'est aujourd'hui transformé en un bloc noir fait d'une matière indestructible, qui résistera au temps. Personne pour le briser avec des faits, personne pour l'éclairer de l'intérieur avec un témoignage, des sentiments. C'est une présence-absence. C'est le résultat des récits de mes ancêtres qui vivaient dans un faisceau complexe de contraintes, de conjonctures et de contexte. Des récits formés par des demi-vérités, des sélections, des morceaux choisis, des moments enjolivés, des pans abandonnés.

Si l'incarcération en elle-même a été complètement occultée – mon grand-père n'en parlait jamais, ma grand-mère non plus, le lieu et les conditions de sa détention sont inconnus, sa durée fluctuante (neuf mois ? un an ?) –, son geste de violence envers ce contremaître était parfois évoqué de manière indirecte. Des phrases faisaient référence à la force de mon grand-père, à son caractère impulsif :

Ton grand-père n'a peur de personne ; ton grand-père sait se battre ; attention, ton grand-père est colérique ; ton grand-père est vif ; il ne faut pas se laisser berner par le côté timide de ton grand-père ; une seule claque de ton grand-père et tu es KO ; personne ne cherche noise à ton grand-père.

La couleur de l'agressé et son statut étaient parfois mentionnés – le Blanc, le patron, le bourgeois, *blan-la, patron-la, bourzoi-la.* Et selon le ton de la phrase, on pouvait l'interpréter différemment.

Ton grand-père a eu la bêtise, lui, le laboureur, de s'attaquer à son patron.

Qu'est-ce qui lui a pris, lui, le descendant de coolie, de s'attaquer à un Blanc ?

Ton grand-père a eu le courage de faire ce que d'autres avant lui ont tant rêvé de faire, il lui a dit non, il lui a dit ferme ta gueule.

La condamnation de mon grand-père lui fait perdre son emploi de laboureur mais le domaine sucrier ajoute une sanction humiliante : il exige l'expulsion de sa famille de Camp Chevreau. Mes grands-parents n'ont pas encore 25 ans, ils ont deux enfants en bas âge, ils n'ont jamais rien connu d'autre que la vie dans les camps de laboureurs, où la communauté des hommes est une chorale laborieuse, serrée, réconfortante aussi. Au quotidien, il y a une forte solidarité féminine, une organisation sous-jacente et bien rodée qui s'occupe des enfants, des repas, des cérémonies religieuses, du maintien de la culture, des aînés, des malades, des handicapés. Les grands-mères, les tantes, les cousines, les sœurs, cette chaîne sororale qui agit comme un garde-fou contre l'inconnu, la maladie, l'épuisement.

Hors de Camp Chevreau mes grands-parents se retrouvent seuls, en exil une seconde fois, eux qui portent l'exil originel de leurs aînés encore frais dans leurs veines. Ils s'installent dans une maison en torchis, enfoncé dans le village de Piton, à quelques kilomètres.

Un ressort se casse. Toute leur vie, une partie d'eux restera dans le camp et bien sûr ils continueront à travailler, à faire des enfants, à vivre, à progresser mais ça leur manquera toujours comme une enfance perdue à jamais, comme une langue oubliée.

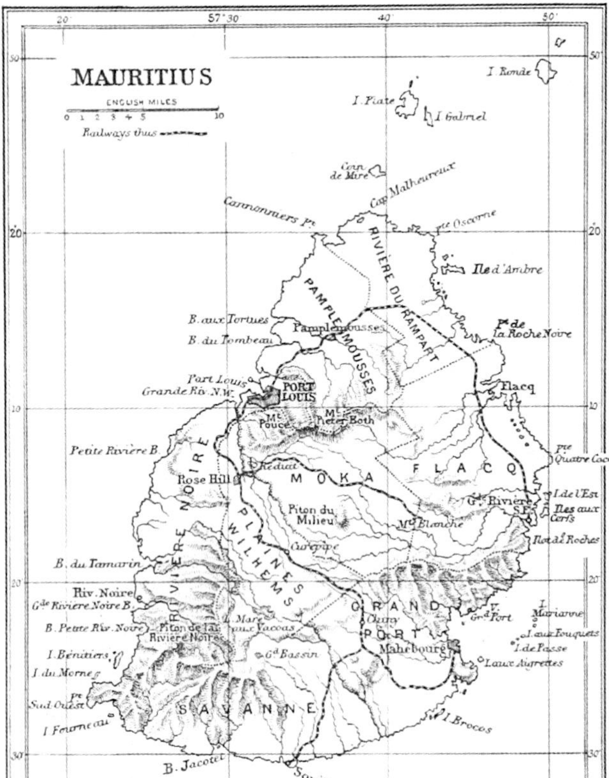

Oxford University Press

9

Mon père est né en 1942 à Piton, sept ans après sa sœur Saroj. À plusieurs titres, sa naissance est une grande joie pour mes grands-parents : c'est le premier garçon et avant lui, il y a eu plusieurs mort-nés. Mon grand-père a retrouvé un travail de laboureur pour un autre domaine sucrier, ma grand-mère est une saisonnière. Elle trouve du travail à la semaine, au mois ou à la journée : désherbage, récolte de légumes, ramassage et ballottage des feuilles, traite des vaches, nettoyage des écuries. Elle n'aime pas que ses enfants jouent trop longtemps dehors, elle craint le froid, le vent, la nuit, les autres. Autour d'eux, quelques parents s'installent mais la famille proche est toujours à Camp Chevreau. Mon père se souvient des visites dominicales à son grand-père, à ses oncles – si le lien n'est pas rompu, l'écart se creuse : mon grand-père est toujours laboureur quand son père achète sa première voiture. Ses frères acquièrent leur premier lopin de terre pour construire leur maison et lui dispose seulement de quoi louer une parcelle pour planter des légumes. Son père continue de faire des enfants, qui naissent en bonne santé ; lui a le malheur d'en enterrer plusieurs, mort-nés ou décédés peu après leur naissance. Certains de ses frères vont à l'école et lisent des histoires tandis que mon grand-père doit, lui, garder le silence sur la sienne d'histoire.

Peut-être que je schématise, peut-être que, de ma place, j'observe cela comme un tableau de comptabilité avec des actifs et des passifs, des profits et des pertes, peut-être que ce récit est trop marqué par la relation avec mes morts. Je devrais accepter que la mémoire familiale soit biaisée mais parfois j'imagine ouvrir, avec des mots qui auraient le pouvoir d'une clé de biche ou d'un marteau, cette narration close autour du triptyque en forme d'échelle sociale coolie-camp-classe moyenne. J'y ajouterais les lumières, les hasards, les drames, les injustices intrafamiliales, les petites humiliations, les bouches fermées, les éloignements qui ressemblent à des mises au ban.

Je parlerais du miracle aussi.

En 1948, l'année de sa scolarisation en élémentaire, mon père tombe subitement malade. Il a mal partout, il a du mal à marcher. Certains de ses muscles inférieurs ne répondent plus ou sont très faibles. Ma grand-mère l'emmène chez un médecin qu'elle connaît : elle nettoie régulièrement l'écurie de ce dernier et s'occupe de ses vaches.

Le praticien est quasi formel : mon père est atteint de poliomyélite et doit être hospitalisé. D'ailleurs, il dit à ma grand-mère qu'il est tenu de faire un signalement parce que c'est une maladie très contagieuse et qu'il y a un début d'épidémie à l'île Maurice. Ma grand-mère, qui a tout vu, tout éprouvé, qui croit aux esprits, aux dieux, aux rites, refuse que son fils lui soit retiré et conteste ce diagnostic terrible. Elle persuade le médecin de ne pas signaler le cas de mon père et obtient même, contre je ne sais quoi, la permission de venir chercher du lait frais chaque jour pour son fils malade.

Cela semble incroyable qu'une femme comme elle, analphabète, mesurant à peine un mètre cinquante, souvent nus pieds, vêtue d'un éternel sari couleur indéterminée noué trop court, puisse faire fléchir un médecin. Pourtant toute sa vie, elle a eu cette réputation. On disait qu'elle arrivait à se débrouiller dans n'importe quelle circonstance, qu'elle arrivait à convaincre les gens. Quand elle allait visiter du monde à l'hôpital et qu'elle se pointait hors des heures de visite, elle parvenait à rentrer dans l'établissement médical, amadouant une infirmière, un interne. S'il lui arrivait d'oublier son porte-monnaie en prenant le bus, elle s'en sortait sans problème. Mon grand-père et elle ont passé un été à Aubervilliers, chez mon oncle, à la fin des années quatre-vingt et elle qui n'avait aucune notion de français, se faisait comprendre par tout le monde. Quand mon frère et moi avions passé quelques jours à l'hôpital pour des interventions mineures, elle y restait toute la journée, ce qui était strictement interdit. Elle réussissait à trouver un banc, un coin d'ombre, parfois même une chaise dans le bureau des infirmières et elle attendait. Elle ne pouvait rien faire mais elle était là, avec ses pommes, ses oranges, ses paquets de biscuits, ses briques de jus de fruits. Le soir elle rentrait et le lendemain matin, elle revenait, les poches et le sac remplis. Elle avait quelque chose, ma grand-mère, une franchise simple, un bagout, une façon de vous parler qui était désarmante et qui semblait s'adresser à l'enfant en vous et que vous soyez médecin, ministre ou receveur de bus, vous abdiquiez.

Je ne sais pas ce qu'elle avait prévu en empêchant le médecin de signaler le cas de mon père, si elle savait vraiment ce qu'elle faisait, si elle comprenait la gravité de sa décision mais sa détermination, à ce moment-là, est sans pareille. Peut-être qu'elle n'était motivée que par son amour pour lui, par le grand pouvoir que parfois ce sentiment donne ? Elle ramène mon père à la maison et à partir de ce jour et pendant plus d'une année, elle met en place une thérapie quotidienne basée sur les massages et les pansements compressifs. À l'exception de mon grand-père et de leurs filles, personne n'est au courant. Ma grand-mère utilise des feuilles de noni (mon père appelle ça des feuilles de tortue) écrasées en cataplasme, infusées dans de l'huile chaude, pressées en jus ou fraîches. Mon père me raconte : « Tous les matins, elle me levait, me lavait et me massait les jambes et le dos avec cette huile. Puis, elle appliquait en cataplasme la pulpe des feuilles sur mes jambes et me les bandait. À 10 heures, elle revenait en courant des champs pour défaire le pansement, me masser à nouveau et refaire un autre pansement. Elle faisait ça plusieurs fois par jour, des allers-retours entre le champ et la maison. Elle passait son temps à courir. Mes sœurs aussi me massaient. »

Lui qui aimait jouer au foot avec ses amis du village passe désormais tout son temps à l'intérieur. « Je rampais dans la maison », dit-il sobrement.

L'épidémie est déclarée sur l'île : 454 cas chez les enfants seulement entre novembre 1948 et février 1949. Les services du ministère de la Santé passent de village en village, en camionnette. Ils cherchent les enfants malades pour les hospitaliser et les équiper de chaussures orthopédiques. Ils viennent frapper aux maisons et discutent avec les adultes en essayant de jeter un coup d'œil dans les intérieurs. Ils font leur enquête auprès des voisins. Est-ce qu'ils ont connaissance d'un enfant malade ? Ils répandent la nouvelle de la propagation de la maladie, ce qu'elle peut faire au cerveau, ce qu'elle provoque dans les jambes.

Mes grands-parents cachent mon père sous un lit et déclarent qu'il est en visite chez une tante dans le centre de l'île. Ils voient d'autres enfants du village embarqués dans cette camionnette, il y a des morts dont ils entendent parler mais eux restent impassibles, unis, et ne cèdent pas.

Je ne pense pas assez à leur loyauté, l'un envers l'autre. C'était une des promesses de leur mariage pourtant, scellée par un tour autour du feu sacré mais cette qualité morale ne peut pas être déclarée ou imposée. Les hommes en blouse blanche sont devant leur porte, j'imagine leur autorité médicale qui pourrait en impressionner plus d'un, mais ni mon grand-père ni ma grand-mère n'ont flanché.

Ils sont confiants dans ce qu'ils ont à offrir à leur enfant, ils préfèrent la terre, la feuille, l'eau – ces éléments qu'ils connaissent et qui ne les ont jamais trahis – aux discours des hommes dans des camionnettes.

Si cela n'avait pas fonctionné, comment auraient-ils été perçus ? Des inconscients ? Des ignorants ? Des fous ?

Mais le miracle survient : mon père retrouve l'usage de ses jambes et rattrape le temps perdu « à ramper ». Il court, il saute, il joue au foot avec les copains même s'il avoue être devenu un peu « gauche » avec un ballon. Parfois, dans des moments de fatigue physique, il boite légèrement mais son mollet droit légèrement atrophié ne l'a jamais empêché de faire quoi que ce soit. Je l'ai toujours connu en pleine forme physique, compétiteur acharné, joueur de foot amateur, cycliste, faisant chaque année à pied le pèlerinage entre Piton et le lac sacré de Grand Bassin (106 kilomètres). Il s'absentait quatre jours entiers et, à son retour, ma grand-mère lui massait longuement les jambes avec de l'huile tiède. Il finissait par s'endormir sous ses doigts. C'était tout simplement magique pour lui.

Ma mère dit souvent que mon père a été un enfant gâté par ses parents. Ce n'était pas une tendresse quotidienne, des mamours, des câlins. Au contraire, parfois, mon père pouvait être brusque avec eux et faire preuve d'impatience, de colère même. C'est plutôt dans le ton qu'il utilisait et utilise encore, aujourd'hui, pour dire, en créole : *mo mama, mo papa.*

Mon père a trouvé un travail immédiatement après ses études dans les années soixante et il a donné son premier salaire à sa mère. Quand il lui a tendu l'argent, elle a pris les billets dans ses mains, les a regardés un long moment et cette femme, qui, pendant des années, s'est contentée de quelques centimes par jour en ramassant des feuilles de pâturage, a dit : *que faire de tout cet argent ?*

Depuis que ma fille est née, il arrive parfois à mon père de la regarder puis de se tourner vers ma mère ou vers moi et de dire : *si mo mama et mo papa étaient encore là, ils auraient été si heureux.*

La réalité palpable de leur lien et la mémoire intacte de ses parents dans son esprit sont des choses admirables.

Quand je suis de passage à l'île Maurice et que nous retournons à Piton, mon père n'aime pas s'attarder. Il râle que sa voiture, une 4×4, ne passe pas dans les chemins étroits, il s'ennuie un peu, semble pressé d'aller ailleurs. Peut-être qu'il ne veut pas se laisser atteindre par ce qui n'a pas changé dans ce village – la lumière épaisse, la couleur de la terre, l'épaisseur des troncs d'arbres et partout autour, les champs de canne. Peut-être que le souvenir de ses parents est trop prégnant ici.

Une seule fois, je l'ai vu s'émouvoir. Nous allions au temple et dans une venelle, quelqu'un l'a appelé par son prénom. Il s'est retourné et il est littéralement tombé dans les bras d'un homme assez chétif et dont le visage était marqué par le temps. De là où j'étais, je voyais le profil de mon père, son sourire large, éclatant. Il parlait avec beaucoup de chaleur à cet homme, avec une familiarité rare, une émotion palpable. Quand il s'est décalé, j'ai remarqué que son ami portait des chaussures orthopédiques à talons compensés avec une attelle montante qui lui enserrait la cheville et le mollet. J'ai compris immédiatement et mon cœur s'est serré. C'était un de ses amis d'enfance, un de ceux avec lesquels il jouait au foot, un de ceux atteints comme lui de poliomyélite et qui n'ont pas eu la chance d'avoir une mère un peu magicienne, un peu sorcière. C'était un de ceux qui étaient montés dans la camionnette blanche.

10

Jusqu'à l'âge de 6 ans, j'ai vécu avec mes grands-parents et mes parents à Piton. Le village était un entrelacs de venelles, de chemins de terre cabossés où il fallait faire attention à ne pas trébucher sur les racines adventices. Dans mon esprit, il apparaît comme un mélange de couleurs et de matières, de grandes flaques d'ombre et des soudaines percées de lumière. C'est un endroit d'un autre temps. Les chemins de boue et de poussière, les rideaux en dentelle aux fenêtres, les autels colorés dans les cours, les chiens, les poules, les coqs, les chèvres, les barres de fer qui dépassent des toits comme des antennes, les grands arbres aux troncs préhistoriques, les fleurs épaisses rouges jaunes orange, les hommes aux visages burinés, les femmes avec le point rouge sur le front, les langues qui se mélangent, hindi, bhojpuri, créole. D'aussi longtemps que je me souvienne, je me suis toujours sentie à la fois au centre de ce village et étrangère à lui. Mon monde était un fil tendu entre mes grands-parents et mes parents. Les premiers étaient des descendants de coolies, mariés avant la puberté, laboureurs une grande partie de leur vie, analphabètes. Les seconds avaient été instruits, mon père était fonctionnaire au ministère de l'Agriculture, ma mère était professeure des écoles, ils avaient une grande ambition de réussite intellectuelle, d'ascension sociale. Les premiers s'habillaient toujours dans ce même coton mou, les seconds portaient des pantalons pattes d'ef' et jupes courtes. Je comprenais le langage intrinsèque de mes grands-parents, leur rythme qui semblait épouser celui du soleil ; leur existence avait un sens immédiat et concret. J'avais parfois un peu peur des ambitions de mes parents pour mon frère et moi, de toutes ces barres placées haut, des objectifs à atteindre, ces nombreux projets qu'ils avaient pour nous quatre. Pendant les premières années de ma vie, j'ai évolué entre le monde ancien de mes grands-parents et celui de mes parents, progressiste, volontaire mais pas encore tout à fait équipé des moyens de leurs ambitions. Pendant ces années-là, à Piton, heureusement, on m'a laissée vivre avec l'illusion que l'enfance est éternelle et que je n'avais pas à faire un choix entre ces deux mondes.

Mon premier souvenir se déroule dans la cour de la maison où mes grands-parents se sont réfugiés en 1935 après leur expulsion de Camp

Chevreau. C'était une grande case en bois et en tôle où mon père est né, où ma mère a également emménagé à leur mariage en 1972 et qui a été rasée en 1976, quand j'avais 3 ans. Je ne me rappelle pas du tout la maison même et il est un peu étrange que mon premier souvenir ait lieu ici mais qui sait comment s'imprime la toute première séquence dans notre cerveau ? Quand on se baladait dans le village, il y avait toujours quelqu'un pour indiquer l'endroit où cette maison se tenait auparavant mais on ne s'y arrêtait pas. Certaines choses du passé s'évoquent du bout des lèvres, sur la pointe des pieds, c'est un animal qu'on ne souhaite pas réveiller. Pourtant, toute ma famille l'appelle *nu vié lacaz*, notre vieille maison. J'ai toujours été surprise de ce pronom inclusif et affectueux pour désigner ce logement en tôle qui, si je regroupe les témoignages des uns et des autres, apparaît comme inconfortable, modeste et rustique. Ma mère utilise l'adjectif « grossier » pour le décrire. Mais elle aussi, elle dit *nu vié lacaz*. Peut-être qu'inconsciemment, toute ma famille connaît la valeur de ce lieu où mes grands-parents ont trouvé finalement un répit et où ils ont élevé leurs enfants.

C'est mon premier souvenir et il se déroule dans ma tête en une séquence particulièrement lente. Je suis debout dans une cour où la terre est tassée, d'un marron épais, presque rouille. Il fait sombre mais c'est le plein jour, je le sais, sinon je ne serais pas dehors, je ne suis qu'une enfant. S'il fait sombre, c'est à cause des plantes, nombreuses. Elles bordent la maison, elles se penchent vers moi, elles rampent, elles grandissent vite, elles forment des buissons, des petits bois, des recoins où je ne vais jamais.

Il y a un homme à quelques mètres de moi et il est en train d'ouvrir un pot de peinture. Il est maigre et sa peau est très foncée, presque noire. Je suis immobile, je ne fais pas de bruit, je l'observe attentivement. Cet homme, accroupi, soulève le couvercle du pot et le pose par terre. Il enfonce ensuite un bâton dans la peinture et le fait tourner plusieurs fois, lentement, laborieusement, dans le liquide épais. J'ai l'impression que la substance lui résiste un peu. Il se lève et me regarde sans me regarder vraiment, je veux dire qu'il me regarde comme s'il ne me connaissait pas. Ma mère, à qui j'ai raconté ce souvenir, m'a assuré que c'était mon grand-père qui faisait de la peinture ce jour-là mais j'ai du mal à croire que c'est lui parce que toujours il me regardait avec une espièglerie dans les yeux, un sourire aux lèvres, un mot doux et là, dans ce souvenir, rien.

L'homme grand et maigre passe à côté de moi et disparaît. Je m'approche du pot et avec délicatesse, précision et intention, je plonge mes mains dans la peinture rouge. Doucement, lentement, mes doigts et mes paumes s'enfoncent dans cette substance qui n'est ni trop épaisse ni trop liquide. Je n'ai pas peur, je trouve ça merveilleux. Quand je les retire – tout aussi lentement et délicatement –, mes mains sont lourdes et rouges. Je les croise dans le dos pour les cacher et mon souvenir s'arrête là. Si je ferme les yeux maintenant, je garde encore la sensation extraordinaire de plonger mes mains dans ce rouge et l'impression à la fois oppressante et féerique de cette cour.

Je me souviens parfaitement de la maison que mes parents appellent encore « la nouvelle maison », celle que mes grands-parents ont fait construire en 1976 au centre de Piton, dans un virage. Elle était un peu en retrait du chemin, cachée par une case en tôle qui abritait la petite épicerie de mon grand-père que nous appelions la tabagie. Il y vendait un peu de tout – des légumes frais de son champ, des grains secs, du tabac, de l'alcool, des friandises. Il y avait un plus grand commerce plus loin mais chez mon grand-père, les gens achetaient en petite quantité, en dépannage, en passant, en cas d'oubli. Un quart de livre de lentilles, deux pommes de terre, une cigarette, un petit verre d'alcool (mon grand-père utilisait l'unité de mesure des Anglais, il disait un *dram* de rhum). Tous les soirs, à la fermeture, il venait me chercher dans la maison, me prenant par la main. J'étais déjà en pyjama – souvent d'amples robes de coton cousues par mes tantes ou des ensembles achetés en ville par ma mère –, et lui vêtu, comme d'habitude, d'un pantalon sombre et d'une chemise pâle – des vêtements usés sans être élimés, chiffonnés sans être froissés, tachés sans être sales. Nous faisions quelques pas dans le noir et au seuil de la tabagie, je réfléchissais de longues minutes avant de lui indiquer du doigt le bocal de friandise choisie. Un chewing-gum, un nougat, un bonbon ou un petit sachet de sucre aromatisé qui pétillait sur la langue. Il ne disait pas grand-chose et ce lieu où il passait la majeure partie de sa journée et où il dormait parfois me faisait l'impression d'une grotte sans fond. Quand bien même l'ampoule au plafond était allumée, il me semblait que celle-ci ne servait qu'à souligner tout ce qu'elle n'éclairait pas, là-bas, derrière les sacs de jute, les bidons, les caisses de bois.

Le commerce principal du village était à moins de 50 mètres, le temple un peu plus loin, un petit atelier de mécanique à droite, un coiffeur-barbier pas loin, et en face de notre maison, il y avait un rocher noir, ombragé au mitan de la journée, autour duquel il y avait souvent quelques hommes. Ils ne restaient jamais longtemps là, peut-être profitaient-ils d'un instant de répit, échangeaient-ils une information, un détail, un potin et ils repartaient, remplacés par d'autres. Ils riaient fort parfois, saluaient des gens à vélo, s'interpellaient en éclats de voix qui arrivaient jusqu'à moi. De la cour de la maison ou du porche de la tabagie, je les observais par en dessous. Je n'aimais pas cet endroit qui faisait face à notre maison, ce rocher, le terrain vague juste derrière, envahi de broussailles et de chiens endormis sur le flanc, le ventre gonflé de manière qui me semblait impudique. Dans ma tête quand j'étais enfant, je n'utilisais pas le mot impudique mais je disais « mal élevé ».

Mal élevé : Les chiens qui se montent dessus, les jupes trop courtes, les décolletés, les jambes qui bougent dans tous les sens quand on s'assied, les mauvaises manières, toucher à tout, parler à tort et à travers, pleurer pour un rien, chouiner dès le matin, interrompre les adultes, montrer sa culotte, être saoul, rentrer avec les chaussures sales dans la voiture, ne pas obéir.

Mes parents me disaient toujours dans ce créole francisé : « fais bonne fille », ce qui était le contraire d'une petite mal élevée.

Je n'aimais pas la familiarité de ces garçons quand je passais, ils connaissaient mon prénom mais ils le prononçaient mal, comme mes grands-parents, à buter sur la dernière syllabe, ce « sss » à la place du « ch ». Ce sifflement à la place du chuintement. Ils me demandaient où j'allais comme ça, ils me faisaient des compliments sur mes chaussures, sur les barrettes dans mes cheveux. Ils n'étaient pas à craindre pourtant, c'étaient des amis d'enfance de mon père ou de mes oncles, ils étaient les fils des voisins mais j'étais mal à l'aise. Avais-je remarqué que jamais aucune fille ni aucune femme ne venait là, même en temps de pluie pour un répit, même les jours d'été pour un peu d'ombre ? Avais-je déjà conscience de mon genre et du comportement que je devais adopter ? Peut-être que leur nonchalance me paraissait mal élevée ?

Notre maison dans le virage était grande, à l'architecture bancale. Quand j'y repense, on dirait qu'elle avait été dessinée à la va-vite, par un enfant. Les couloirs étaient larges, le sol inégal. Il fallait descendre une marche puis en remonter deux pour entrer dans la cuisine ; entre la cuisine et les sanitaires, il y avait un passage couvert qu'on traversait en descendant d'abord un perron et, pendant quelques instants, on se retrouvait à la fois dehors et dedans. Plusieurs portes menaient à l'extérieur, dont une qui s'ouvrait sur la courette à l'arrière de la maison où se trouvaient le lavoir et la pierre plate, appelée *roche cari*, sur laquelle ma grand-mère écrasait ses épices. Cette pierre épaisse et noire, ni lisse ni brute, accompagnée d'un lourd mortier taillé en rondin, est un héritage des engagés indiens qui ont cherché à garder le goût de leur pays et à fabriquer eux-mêmes leur mélange d'épices.

J'ai souvent vu les femmes de ma famille à l'œuvre au-dessus de cette pierre avec cette technique complexe de pousser-rouler-appuyer qui transforme les graines entières en poudre ou les mélanges d'herbes et d'épices en condiments. C'est un geste qui s'apprend, se pratique, se maîtrise et certaines personnes, plus que d'autres, y excellent mais c'est un savoir-faire que je ne possède pas. J'aimais la manière dont cette pierre brillait au soleil tel un bout de volcan, j'admirais cette transformation lente d'éléments séparés en une mixture homogène, belle à voir, délicieuse en bouche mais j'ai regardé cette pierre comme une tradition ancienne, dangereuse parfois (on a vite fait de s'écraser les doigts ou de laisser tomber le mortier sur ses pieds) et qui ne m'appartenait pas.

Il y avait des choses comme ça dans mon enfance – que je voyais faire, que j'entendais dire mais dont je savais intimement qu'elles n'étaient pas miennes. Mes parents et mes grands-parents me transmettaient des connaissances et des savoir-faire qu'ils jugeaient utiles pour ma vie future. Ils éliminaient au fur et à mesure certains savoirs ou coutumes, comme la manière d'utiliser cette roche cari par exemple ou certaines recettes de cuisine trop compliquées. Ce « délestage » graduel n'est pas extraordinaire chez les descendants de déplacés ou d'exilés. Ils font, de manière instinctive, un choix entre ce qu'il faut garder de sa culture originelle et ce dont on peut se passer. C'est quasiment un choix de survie, basé sur ce qu'ils imaginent être le monde dans lequel leurs enfants évolueront et pour lequel ces derniers doivent être préparés.

La roche cari ne me manque pas, j'ai un hachoir électrique qui fait parfaitement l'affaire chez moi mais il y a certains choix que je regrette.

Ma grand-mère a toujours été très fière de sa culture et de sa langue. Elle était également très croyante et respectueuse de la religion d'autrui. Pourtant, dès que je suis entrée à l'école primaire, elle a cessé de me parler en telugu ou alors elle le faisait de manière épisodique. Elle m'encourageait toujours à bien étudier, me recommandant de bien « apprendre français, anglais et mathématiques ». Elle nommait ces matières sans leurs déterminants, comme si c'était des noms propres. Elle avait intégré – au travers de ses années dans la plantation – que sa langue maternelle était une langue mineure et inférieure bien que plus de 79 millions de personnes la parlent aujourd'hui. Elle avait pensé que, dans ma vie future, je n'aurais pas besoin de cette langue-là.

Elle avait aussi intégré une croyance terrible. Elle qui louait et craignait la trinité hindoue (Brahma, Shiva, Vishnou) entrait dans une église catholique à la veille de chacun de mes examens. Elle allumait une bougie devant la statue de la Vierge Marie et priait pour moi. Pour les examens de l'école, elle avait plus confiance dans « le dieu des Blancs, le dieu qui parle français et anglais », me confiait-elle.

Voilà un autre des effets de la vie dans les plantations coloniales, de la vie de dominé. On finit par croire que non seulement sa langue maternelle est inférieure, mais que, dans certains domaines, ses dieux ancestraux le sont aussi…

J'aimerais pouvoir comprendre et utiliser à nouveau le telugu, j'admire la graphie de cette langue que j'ai apprise il y a longtemps mais dont j'ai oublié jusqu'à l'alphabet. Il me reste une tendresse pour cette langue effacée comme il me reste, étrangement, une tendresse pour la figure de la Vierge Marie.

Dans cette grande maison de Piton, j'aimais passer du temps dans la chambre de mon oncle benjamin, Vinod, qui travaillait comme barman dans un des premiers hôtels cinq étoiles de l'île et ne rentrait à la maison que quelques jours par semaine. Sa chambre, impeccablement rangée, avait une odeur particulière, un peu poudreuse. Peut-être que cette pièce avait quelque chose du caractère secret, ombrageux et imprévisible de cet oncle que j'aimais beaucoup. Il avait donné un nom à son vieux vélo : *tombé-lévé*, comme pour dire le caractère increvable de cet engin. Il en parlait comme d'un être vivant. Les gens riaient, ils le trouvaient un peu foldingue mais je trouvais cela merveilleux d'animer un objet en le baptisant. Il était à part ce bougre, disait-on. Une propension à la boisson, à la rêverie, au vagabondage, une attirance pour la solitude, pour le secret. Pour moi, il incarnait la figure du poète.

Un jour, alors que je vivais déjà en France, j'ai lu par hasard dans un magazine qu'il avait gagné le concours du meilleur cocktail original de la chaîne hôtelière internationale pour laquelle il travaillait. Il n'en avait parlé à personne d'autre qu'à sa femme et à ses enfants. Il avait toujours un carnet dans sa poche dans lequel il gardait ses recettes de boissons pour lesquelles il était, visiblement, reconnu. Il y notait aussi ses rêves. Il y a quelques années, je lui ai parlé de ses carnets et il en a sorti un de la poche avant de sa chemise, *pouf*, un tour de magie. C'était un mini-carnet à spirales et il me l'a montré, rapidement, feuilletant devant moi quelques pages. Il ne me l'a pas tendu, il l'a gardé près de son corps, et j'ai aimé la manière dont il a protégé ce carnet de mes yeux, de mes mains, de ma curiosité mal élevée.

Vinod est mort brutalement en 2021, quelques semaines après la sortie de mon dixième livre, *Rien ne t'appartient*. Pendant des jours et des jours, j'ai été habitée par un chagrin entier à l'image de ces chagrins d'enfant qui nous faisaient pleurer dans un coin, la tête dans les mains.

Mon père avait une petite voiture blanche, une Morris Mini dont je n'ai jamais oublié le numéro

d'immatriculation. Accroché au rétroviseur, il y avait un désodorisant en forme de sapin dont le parfum était si intimement lié à cette voiture que si nous croisions l'effluve ailleurs, dans un magasin, dans un bus, chez quelqu'un, nous nous tournions les uns vers les autres et nous disions : « Ça sent la Mini. » Plus tard, j'apprendrai que ce désodorisant s'appelle Arbre magique et qu'il existe en 28 parfums et teintes différents. Le vert est celui à la pomme verte. Dans ce plus tard où je n'ai plus besoin de faire bonne fille, où je ne pense quasiment plus à l'expression mal élevé, je colle mon nez aux pommes vertes que je trouve dans les rayons de supermarché, sur les étals de marché, dans les corbeilles de fruits

dans des cuisines qui ne m'appartiennent pas. L'espoir d'un rappel, l'envie de me retrouver dans cette petite voiture blanche à nouveau, de redevenir cette petite fille là, dans ce village-là, aux venelles sombres et aux croisées jaunes de lumière. L'envie de retrouver mes grands-parents et leur amour sans conditions pour moi. Mais jamais plus, ça ne sent la Mini.

Pour cette voiture, une rareté dans le village, mon père avait fait construire un abri de fortune qui jouxtait la maison. Il l'appelait : le garage. À mon oncle Vinod, il disait : « Fais gaffe à la voiture quand tu sors ton vélo du garage. » À moi il disait : « Ne va pas dans le garage, ne t'appuie pas sur la voiture dans le garage, ne joue pas au ballon devant le garage. »

Le garage : des rondins de bois alignés des trois côtés pour soutenir un toit de tôle et, devant, une corde tirée entre deux piquets et sur laquelle ma grand-mère avait installé un rideau de fortune. Elle fabriquait elle-même ce rideau avec des ballots vides en plastique tissés dont elle décousait les bords.

Ces ballots se transformaient alors en grands pans qui sentaient encore l'odeur poudreuse des grains secs, de la farine ou du riz qu'ils avaient transportés de je ne sais où pour arriver jusqu'à nous.

Encore un voyage, toujours un voyage, d'ici à là, de là à ailleurs, sur un bateau. Encore un bateau, toujours des bateaux. J'ai l'impression que le monde entier pourrait se raconter et se redessiner sous la forme d'un bateau, qu'il soit à voile à vapeur à moteur. Qu'on l'appelle navire paquebot kwassa esquif dinghy. Encore une histoire de déplacement, de migration, de transhumance.

Ils devaient être dans les cales de bateaux, ces grands sacs là. Comme la mère de ma grand-mère, comme le grand-père de mon grand-père. Est-ce que ma grand-mère pensait à ces choses-là quand elle décousait le point serré des sacs ? Est-ce qu'il y a une mémoire qui se dégage des objets inanimés, pareil à un souffle invisible qui lui rappellerait les coolies ? Est-ce que ces sacs sentaient la cale ? J'imagine que ça a une odeur, les cales.

Comme le chagrin comme le noir comme l'absence.

Quand elle avait fini de les découdre, ces larges pans qui sentaient les grains secs ou la cale, elle les mettait à plat, côte à côte, et faufilait un ourlet large dans lequel elle faisait passer une grosse corde. Mon grand-père alors attachait cette corde, amarrée nouée serrée, aux deux piquets. Les pans alors battaient au vent avec un bruit mat comme une voile.

Le rideau était tiré sur la voiture les jours de pluie, de grand soleil, la nuit, le jour, pour la protéger de l'eau, du vent, du noir du soir, du mauvais œil des voisins. C'était donc un voile.

Ma grand-mère, certainement, avait eu l'idée de ce rideau. C'était son genre de protéger sa famille et les biens de sa famille contre le dehors.

Nous avions deux arbres fruitiers, l'un donnait des mangues, le second des longanes mais, collés serrés à la maison, ce n'étaient pas des arbres à ombre, à repos, à admirer. Ils offraient des fruits gorgés de sucre chaque été, en abondance. Le sol de la maison était en béton ciré de rouge, les meubles de rangement au rez-de-chaussée étaient en contreplaqué ou en rotin. Il n'y avait pas de tableaux au mur. S'il y avait des vases, ils étaient en émail et les bouquets de fleurs en plastique. La télé était dans un coin du salon, recouverte d'un napperon en dentelle. Parfois ma grand-mère étalait une toile de jute ici même pour faire sécher des fruits et des légumes dont elle faisait ensuite des conserves. Peut-être qu'il y avait une horloge au mur, je ne sais plus. L'escalier qui menait à l'appartement de mes parents au premier étage semblait à peine terminé, en béton brut, sans rambarde. Sous cet escalier il y avait une grande niche vide où, l'été, il faisait plus frais.

J'adorais les recoins, les angles morts, les espaces derrière les portes, cette chambre au bout du couloir dans laquelle j'ai découvert des livres dans un carton, la cuisine encombrée où toujours il y avait quelque chose à se mettre sous la dent, la salle de douche où mon grand-père avait reconverti un arrosoir de plein champ en un large pommeau qui donnait l'impression de se laver sous une pluie tropicale, épaisse et douce.

C'était une maison construite sans agrément, sans jardin, à peine décorée, sans atours. Je ne connaissais pas ces mots-là quand j'étais une enfant, je n'avais évidemment pas ce genre de pensées non plus mais très tôt, il m'est venue la conscience que ce lieu était particulier.

Je pouvais la comparer à toutes les maisons où m'emmenait ma grand-mère quand elle allait visiter ses cousines, ses tantes – toutes de vieilles dames en sari, toutes assises dans de coquets salons ou des jardins à l'ombre de grands arbres. Je pouvais la comparer à celle de ma grand-mère maternelle à Mahébourg, dans le sud, la maison où ont grandi ma mère et ses sœurs. C'était une maison plus petite que la nôtre à Piton mais ici, il y avait des fleurs, des tableaux, des nappes, de jolies assiettes ; chaque pièce avait une utilisation claire. Le salon bien arrangé pour le dehors, les amis et les invités ; la cuisine pour la bruyante complicité des sœurs et le partage des secrets ; les chambres au fond, sombres et silencieuses. Ici, on écoutait la radio, des cassettes de variétés, on lisait les journaux. Ma grand-mère maternelle avait une belle écriture cursive, et les sœurs de ma mère cousaient des robes selon des patrons de couture découpés dans des magazines.

Chaque jour, il me suffisait de monter chez mes parents, au premier étage, pour voir la différence avec le rez-de-chaussée. Le lit de mes parents était toujours bien fait avec une couverture moelleuse et colorée le jour. Il y avait un poste radio, un lecteur-cassette, des livres. Un jeu de Lego, une dînette. Ma mère s'installait tous les matins devant une coiffeuse couleur crème qu'elle appelait le « sisé ». J'ai compris plus tard que c'était la créolisation de « la psyché », ce meuble dont on pouvait orienter les miroirs mobiles pour se regarder de pied en cap. Elle y disposait ses flacons de parfum, ses tubes de rouge à lèvres, son poudrier et la houppette rose, son peigne, ses bijoux, ses vernis à ongles. Ici, c'était un monde lisse et parfumé où certains objets n'existaient que pour leur valeur esthétique.

Mes grands-parents paternels étaient à part. Ce n'était pas une question d'argent, d'éducation, d'instruction ou de culture. Ils formaient à eux deux un monde oublié – une bulle identitaire, sociale et culturelle qui était issue de la plantation, et leur arrachement de ce monde-là a été brutal, sans transition. Ils n'avaient pas eu le temps ni le loisir d'aménager un lieu, de décorer une pièce, peut-être n'avaient-ils jamais eu l'idée de « s'installer » dans cette maison, comme on plante ses racines, comme on déploie ses ailes ? Ils ne savaient pas se reposer, ils ne savaient que faire de leurs mains quand celles-ci étaient vides. Peut-être qu'ils avaient conscience de la brièveté même de chaque existence et sa friabilité au mauvais vent ?

Même quand j'étais petite je comprenais qu'ils étaient d'une autre ère, qu'ils avaient connu un monde disparu. Ce monde-là flottait encore un peu dans cette grande maison au sol rouge : ils s'endormaient toujours très tôt, se levaient avant l'aube et s'affairaient toute la journée. Ils parlaient hindi ou telegu ou bhojpuri avec les gens de leur âge. Ils mangeaient des choses simples et qui tiennent à l'estomac – du riz, des galettes de farine, des crêpes épaisses sucrées, du thé sucré, des pommes de terre, des bananes. J'ai souvent vu ma grand-mère glisser une poignée de riz cuit dans sa tasse de thé de l'après-midi.

Elle avalait ensuite lentement, cuillérée après cuillérée, ce riz trempé dans du thé, en me souriant, en me proposant d'y goûter. Elle faisait la cuisine rapidement, sachant transformer ce qu'elle avait sous la main. Elle devinait, à l'odorat, si un plat était suffisamment salé. Elle était pétrie de superstitions et de croyances.

Elle me disait :

Ne va pas chez le voisin, ils font de la sorcellerie ; Mets ta culotte à l'envers pour éviter le mauvais œil ; Dis-moi si quelqu'un que tu ne connais pas te fait un compliment ; Dis-moi si quelqu'un que tu connais te fait un compliment ; N'accepte pas tout de suite ce qu'on t'offre ; Si c'est un gâteau, dis non merci je n'ai pas faim ; Si c'est un bonbon, dis non merci j'ai mal aux dents ; S'ils insistent, tu acceptes mais tu ne le manges pas et tu viens me voir tout de suite ; Ne t'arrête pas au milieu du chemin pour parler à une personne ; Ne reste pas dehors plus que nécessaire ; Mange toujours de la main droite et lave-toi les fesses avec la main gauche ; Ne parle pas à tort et à travers ; Quand tu te réveilles, pose le pied droit sur le sol d'abord ; Viens dans mes bras ; Non tu n'es pas lourde je peux te porter jusqu'à la maison ; Chante la chanson en telugu pour mes cousines ; Récite au prêtre la prière que je t'ai apprise ; Ne mange pas goulûment devant les autres ; Reviens vite ; Ne pars pas trop loin, pas trop longtemps.

Mon grand-père allait dès l'aube dans son champ, revenait pour s'occuper de sa tabagie, bricolait, réparait, arrangeait, cassait, grimpait aux arbres pour élaguer les branches, cueillir des fruits, portait des choses lourdes. Je me souviens de la dextérité avec laquelle il épluchait les ananas. Il tenait le fruit dans la paume de la main gauche. Avec un petit couteau à la lame aiguisée et des gestes rapides et secs, il enlevait la peau et les nœuds de telle façon que l'ananas en était sculpté. Parfois il restait dans sa tabagie, à regarder la rue, à me regarder jouer, à attendre tranquillement un client finir son *dram* de rhum. Il servait les gens en silence et, quand je lui demandais pourquoi il avait déplacé les légumes ou pourquoi il avait fait tel changement dans sa tabagie, il me répondait toujours : Pourquoi pas. Il avait une vieille bicyclette noire mais je ne sais pas où il allait quand il l'enfourchait en fin d'après-midi. J'entendais le clang clang de sa bicyclette et je sortais pour apercevoir son grand corps pédalant comme au ralenti, je le suivais des yeux jusqu'à ce qu'il disparaisse au bout du chemin. J'étais triste de le voir partir, est-ce possible que dans ces moments-là, même enfant, je percevais un peu sa grande solitude ? Je le revois si clairement encore, les jambes trop longues pour ce vélo, pédalant lentement. Mon cœur se serre de cette même tristesse qu'autrefois mais jamais, enfant, je n'ai osé l'appeler pour qu'il se retourne, pour qu'il fasse demi-tour, pour qu'il m'emmène avec lui. C'est bien trop tard aujourd'hui.

Mon grand-père me disait : Joue ici, près de la maison ; Il faut rentrer maintenant ; As-tu mangé à ta faim ? ; Essaie d'attraper les mangues quand je vais les faire tomber ; Ne pleure pas, je vais te donner une grappe entière de longanes rien que pour toi ; Ne pars pas trop loin ; Ne mets pas cette robe dont les bords et les manches sont faits de pampilles, elle est très laide.

Et quand il me disait ça, je savais que ce qu'il voulait dire c'est : cette robe est mal élevée.

Quand il y avait des mariages ou des anniversaires, des événements où il y avait toujours foule et bruit, mon grand-père restait toujours en retrait, assis au fond de la salle, dans un coin. Il attendait qu'on lui adresse la parole pour parler. Ma mère ou ma grand-mère m'envoyait le chercher quand le repas était prêt et quand il avait fini il retournait à sa place. Beaucoup de personnes venaient le saluer avec respect, lui dire un mot ou deux, c'était un ancien, un patriarche mais je crois que je ne l'ai jamais vu faire partie d'un groupe ou même en conversation longue avec quelqu'un d'autre. Depuis son incarcération et son expulsion du camp, il avait fait un pas de côté, intégrant dans son esprit, dans sa manière de bouger, dans le peu de mots qu'il utilisait, sa mise au ban. Cette piqûre de la trahison quand tout le monde vous tourne le dos, il ne l'avait jamais oubliée.

En créole, on disait de lui qu'il était *trankil trankil*, ce qui peut signifier calme ou timide mais secret, aussi. Il portait, pour ces réunions de famille, des vêtements impeccablement repassés dont les couleurs étaient toujours neutres – beige, crème, gris, marron. Il marchait sans se presser, dépassant de son bon mètre quatre-vingt-cinq tout le monde. Son visage couleur terre fertile, ses yeux noisette, ses cheveux blancs séparés par une raie sur le côté. Quelle allure il avait !

Pendant sa jeunesse, il avait fait un peu de lutte en amateur et, rendu bavard après quelques verres, il pouvait raconter ses exploits, ses matchs gagnés ou comment il avait déchiré, en une « prise », le muscle entre le pouce et l'index d'un homme qui lui cherchait noise dans sa tabagie. Ses yeux s'allumaient de quelque chose d'avant, de sa jeunesse probablement, de ce qu'il avait été, de cette force et de cette volonté qui ont été, par la suite, écrasées.

J'ai l'impression parfois qu'il est là, dans ce livre, sous ses mots, sur cette page. J'ai l'impression qu'il va sortir et apparaître à côté de moi. Je revois son visage, je lève la tête vers lui parce qu'il est tellement plus grand que moi, je l'entends me dire, avec son sourire en coin, *pourquoi pas.* Mais surtout, j'accepte son silence, je comprends enfin sa grande dignité, tout le courage qu'il lui a fallu pour accepter son bannissement du camp et recommencer à zéro.

Quand j'ai commencé ce récit, je ne pensais pas que son souvenir s'allumerait de cette manière si forte, comme s'il n'attendait que ça depuis des années et plus j'avance, plus je le trouve magnifique.

Sa femme, elle, tenait rarement en place. Elle avait un millier de choses à faire dans une seule journée et parcourait des kilomètres à pied, en bus. Elle allait au champ, elle allait visiter quelqu'un qui était malade, elle allait en ville, elle allait faire des courses, elle allait déposer un repas chez sa fille aînée, chez sa nièce, elle rentrait puis ressortait parce qu'elle avait oublié quelque chose et même s'il fallait reprendre le bus, qu'importe. Un certain empressement l'animait, à toujours faire quelque chose, à toujours marcher, aller quelque part.

Dans les mêmes fêtes où son époux restait assis, le dos droit, le visage aussi impassible que celui d'une sculpture, elle se trouvait en cuisine, affairée à découper des légumes, à essuyer la vaisselle, à palabrer. Dès qu'elle me voyait, elle m'appelait, viens ici, viens près de moi. Elle sortait alors sa fameuse *dohkri,* une pochette en toile colorée qu'elle gardait à même la peau, coincée dans le jupon de son sari, et m'offrait des bonbons, des caramels et, si par hasard elle était à sec, elle me donnait une pièce de monnaie.

Le soir, à Piton, les chiens aboyaient fort et se lançaient parfois dans une sorte de litanie qui pouvait faire croire à un langage bestial de la nuit. Dans cette maison foutraque, mon grand-père avalait un grog, s'endormait rapidement sur le côté, les draps remontés sur la tête, et ce géant couché ne bougeait plus. Il dormait dans une pièce de la maison où il n'y avait rien d'autre que son lit, poussé dans un coin. Ma grand-mère aussi se couchait tôt, sa silhouette à peine visible sous la couverture tant elle était menue et petite. Je m'allongeais auprès d'elle, parce que le sommeil me fuyait ailleurs, dans son lit haut, sur son matelas dur. Sa chambre était encombrée de plusieurs meubles dans lesquels il y avait des vêtements, du linge de maison, des ustensiles neufs qu'elle avait reçus en cadeau, des babioles, une boîte d'épingles, une huile à cheveux, un peigne, un vieux tube de rouge à lèvres qui sentait le rance. Elle vivait et dormait en sari, dans le même genre de coton que les vêtements de son mari. C'était à la fois doux et ancien, fragile et résistant. Ce sont des adjectifs qui pourraient les définir eux aussi.

Cette maison, ou plutôt la vie dans cette maison, à côté de mes grands-parents, est un creuset pour moi. Il y a ici l'amour, les histoires, la culture, le passé, les langues, la famille, les secrets, les drames, la violence et la douceur. Ici j'ai assisté

à ma première veillée mortuaire, ici j'ai eu ma première grande fête d'anniversaire, ici mon frère est né et, malgré moi, je l'ai trouvé parfait. Dans ce salon au sol rouge, ma mère chantait des comptines françaises et mes amis du village la regardaient bouche bée. Ici je me souviens des disputes familiales qui viraient aigre : j'ai vu mon père gifler avec force ma tante qui venait de bousculer ma grand-mère et dans ma tête j'entends encore les cris de tout le monde. Je me rappelle la main de mon père qui tremblait, après. Dans la chambre de mon grand-père, je suis restée perchée sur une armoire pendant une heure, attendant qu'il débusque un rat. Sur le balcon filant sans rambarde du premier étage, j'ai cueilli des mangues et je croquais dedans comme dans des pommes, assises les jambes dans le vide. Mon grand-père me surveillait d'en bas, sans rien dire. Dans les bras de ma grand-mère, j'ai ressenti le fracas des cyclones contre les murs et le tonnerre frappait si fort que nos cœurs s'emballaient. Dans la cuisine, j'ai appris à ma grand-mère comment écrire son nom pour qu'elle puisse signer son passeport, j'ai colorié les numéros sur son premier téléphone fixe pour qu'elle sache se repérer plus facilement.

Ici j'ai entendu mon oncle Vinod pleurer la mort de son premier-né mais il ne savait pas que j'étais derrière la porte et je n'ai pas osé le consoler.

11

Mon grand-père est mort en août 2007 à 96 ans. Il voulait être centenaire et j'avais fini par le croire tellement il le disait avec détermination et verve, avec même un peu de morgue parfois. Je le revois encore dire cette phrase, *mo pou viv sen tan mwa* (« je vivrai jusqu'à 100 ans, moi ») et dans mon souvenir, il est grand, il est droit, il est beau, il a ce petit sourire en coin qu'il arborait souvent. Ses vêtements sont couleur beige. Plusieurs fois, les dernières années, il a raconté qu'il rêvait de ma grand-mère, morte en 1996. Elle se tient à la lisière d'un champ de cannes à sucre. Elle lui demande de venir la rejoindre en lui faisant signe du bras. Parfois, mon grand-père imitait le geste de sa femme, dans son rêve, mais je le connais si bien ce mouvement rapide et répété du bras, elle me l'a fait si souvent. Viens ici, ne t'éloigne pas, approche-toi un peu plus, reste près de moi. *Vini, vini.*

Dans le rêve, il refuse, il recule, il lui dit : « T'as qu'à y aller, toi. » Parfois ma grand-mère n'insiste pas et s'éloigne dans le champ, parfois elle reste à la lisière et l'attend. Mon grand-père rigolait doucement quand il racontait ce rêve récurrent, ses yeux noisette débordant de larmes. Il s'amusait qu'elle vienne le chercher régulièrement, qu'elle soit à côté d'un champ, qu'elle avait imaginé ce stratagème pour qu'il soit berné – le champ, le travail qui ne se refuse pas. Il était fier de pouvoir lui résister parce qu'il connaissait le pouvoir des songes. S'il cédait et la suivait, il ne se réveillerait pas, il mourrait dans son sommeil. Il disait, d'ailleurs, un peu ému : « Elle vient me chercher. »

Je l'ai vu pour la dernière fois début juillet 2007, chez ma tante Ouma à Cité la Cure, dans la banlieue de Port-Louis où il vivait depuis quelques années. Il était alité, il n'avait plus sa tête. J'étais de passage dans l'île, accompagnée de celui qui allait devenir mon époux, et avant qu'on aille le voir dans la pièce toute en longueur qui était attenante au salon, ma tante y a pschitté du désodorisant parfum citron qui n'a pas masqué les relents de la maladie et du corps qui flétrit.

Il était sur le dos, le corps à moitié couvert d'un drap, ce grand corps effilé occupant toute la longueur de ce lit bas, les yeux au plafond.

« Regarde qui est venu te voir », a dit à voix haute ma tante, et il a tourné la tête vers nous. Je ne sais pas s'il m'a reconnue mais après quelques minutes de silence, il a été envahi par l'émotion.

Son corps a été secoué de tremblements, comme des pleurs qu'il retenait, il a marmonné quelque chose en hindi je crois, puis il a joint les deux mains sur sa poitrine et les a ensuite ramenées sur son front. Nous ne sommes pas restés longtemps.

Quand j'avais été voir ma grand-mère en 1995, une année avant sa mort, chez mon autre tante, Saroj, à Belle-Rose dans le sud de l'île, elle aussi était alitée, perdant le fil de ses pensées. Le corps minuscule sur un lit bas, les yeux au plafond, les cheveux coupés court car récemment infestés de poux. Toute sa vie, elle avait eu des cheveux très longs, qu'elle huilait et nouait en un chignon bas d'un tour expert du poignet, sans épingles, sans pinces. Moi aussi, quand j'ai porté les cheveux longs, j'ai fait le même geste afin d'obtenir ce même serré-noué et port de tête.

« Regarde qui est venu te voir », a dit également à voix haute ma tante. Ma grand-mère m'a regardée. Elle aussi, soudain, a été envahie par une émotion débordante, marmonnant des mots dont je saisissais des bribes. « Non, non, non. » J'avais eu un peu peur, persuadée qu'elle parlait de la vie que je menais à l'époque, loin de ma famille. Je ne suis pas restée longtemps.

J'ai toujours été peinée par leur fin de vie. C'est un sentiment que je n'arrive pas à expliquer parce qu'ils n'ont pas terminé à l'hôpital ou à l'hospice. Ils ont été accueillis chez leurs filles, ils n'ont jamais été seuls, mis à l'écart ou maltraités. Est-ce l'enfant en moi qui refuse la nature arbitraire de la mort – certains s'éteignent tranquillement dans leur sommeil, d'autres sont fauchés d'un coup, d'autres encore grignotés par la maladie ? J'aimerais parfois que l'existence soit un matériau à peser sur une balance. Une existence avec une masse, un volume calculé à partir d'actions, d'ambitions, de labeur, d'adversité. J'aimerais une balance qui équilibrerait vie et mort, à l'image de celle de la justice et ainsi, l'existence de mes grands-parents aurait eu certainement une fin douce et sereine, une mort heureuse.

Comme c'est étrange la position similaire de leurs vieux corps, à dix années d'intervalle, allongés sur le dos, visages blêmes. Ces murmures incompréhensibles s'adressaient-ils à moi, voulaient-ils me dire une dernière chose ? Cette même lumière aigre et jaunâtre sur eux, cette émotion qui vient d'on ne sait où et qui semble les submerger, je ne sais quoi en faire, qu'en penser.

Maintenant, au contraire de la vérité du moment, où les deux fois je suis restée à bonne distance, où les deux fois j'ai été paralysée devant le souffle de la mort qui vient, je voudrais traverser cet espace qui nous sépare. Je voudrais les toucher, leur prendre la main et leur raconter quelque chose à moi, leur dire que je sais qu'être ici est beaucoup mais que sans eux, sans leur bref passage ici même, tout ça, ces mots, ces histoires, cette force et cette faiblesse, n'existeraient pas.

12

De mes grands-parents, je garde un monde qui ressemble à un cœur vivant avec des veines caves, des artères multiples, des faces cachées, des membranes délicates. Je l'oublie parfois pendant de longues semaines et soudain j'ai l'impression de n'avoir que ça, de n'être que cela, ce cœur-là, et sa complexité fragile ne m'échappe pas.

De mes grands-parents, j'ai deux objets.

Un petit récipient en cuivre, un *lota,* qui est l'équivalent d'un calice sans pied, utilisé pour les prières. Il est doux, lissé par le temps, il n'a aucune odeur. Je le garde sur mon bureau, à côté d'une photo de ma grand-mère avec moi, bébé, dans ses bras. Cette photo a été prise dans la cour de notre vieille maison, on peut apercevoir derrière nous de grandes branches, pareilles à de grands roseaux.

J'ai également un gobelet en aluminium qui leur appartenait et qui me sert de porte-crayons. Ils avaient encore dans leur cuisine de Piton quelques ustensiles en aluminium qu'ils avaient utilisés auparavant – des casseroles, des assiettes, des verres, des couverts. Je ne sais pas pourquoi ma grand-mère ne les jetait pas. Au contraire, de temps en temps, elle les sortait pour les laver. Elle les brossait avec une éponge inox puis elle les faisait sécher au soleil. Ils étincelaient alors comme des miroirs.

J'ai aussi dans mon cœur deux moments. J'y ai pensé constamment au cours de l'écriture de ce livre mais ils semblent exister à part, refusant de se glisser dans le cours du récit.

Le premier se déroule alors que je suis encore enfant et que je vis dans la maison de Piton. Ma grand-mère me lave sous cette douche astucieuse et merveilleuse que mon grand-père a bricolée avec un pommeau d'arrosoir des champs. Je ne sais pas pourquoi ce jour-là elle est en sous-vêtements – d'habitude elle reste en sari et se fiche bien d'être complètement trempée. C'est la première fois que je vois son corps. Son ventre forme plusieurs plis. C'est celui d'une femme qui a donné naissance à plus de dix enfants. Ses jambes sont fines, sa peau est flasque mais ce n'est pas ce qui me choque. Je suis frappée par la couleur crème de son ventre, de sa poitrine, de ses jambes. La salle de bains était faiblement éclairée et j'avais l'impression que son corps luisait. Le reste de son corps – son visage, son cou, ses bras – est bronzé, couleur marron glacé. J'ai le sentiment qu'elle me dévoile ce jour-là un aspect secret de sa personne. Cette couleur crème, la même que le lait frais entier, était si belle ; elle appartenait dans mon esprit à ces femmes qui posent dans les magazines de mode que ma mère lit de temps en temps, des êtres éthérés, à la vie lisse et parfaite. J'associais cette couleur aux gens privilégiés, protégés du malheur. J'étais une enfant mais à mon âge, déjà, il ne m'avait pas échappé qu'on disait d'une fille qu'elle était belle quand elle avait la peau claire. Pendant quelques secondes, je n'ai pas reconnu ma grand-mère. J'ai touché son ventre avec ma main savonneuse, j'ai commencé à frotter sa peau doucement comme si je voulais vérifier que cette couleur n'était pas un leurre, un maquillage. Elle a ri.

Souvent, je pense que si elle n'avait pas travaillé toute sa vie au soleil, c'est ce teint-là qu'elle aurait gardé ; quand elle était une enfant, c'est cette couleur de lait entier qu'elle avait. Quand elle s'est mariée avec mon grand-père, son corps nu avait cette lumière-là.

D'avoir vu quelques minutes sa peau cachée toute sa vie par un sari, c'est toutes les possibilités de ce corps que j'imagine aujourd'hui, dans un autre contexte, sans contraintes, sans épreuves. Elle aussi est superbe.

L'autre moment a lieu des années plus tard. C'est l'année de mon baccalauréat, mes grands-parents passent le week-end chez nous, dans notre maison de la banlieue de Curepipe. Mon grand-père est dans le salon, assis sur un fauteuil. Il a cette capacité à être immobile, présent et absent à la fois, le dos droit, son regard passe d'un objet à un autre, de l'horizon à ici. Il est à l'intérieur du temps qui passe, il ne semble pas le subir. Je ne sais pas où sont mes parents, ma grand-mère, mon frère. J'étudie dans ma chambre, qui est à l'opposé du salon où mon grand-père se trouve. Soudain, il y a un changement dans le silence qui règne dans la maison. La matière même de ce silence avait changé et il est devenu plus épais, plus lourd. Je ne peux pas le décrire autrement. Je me lève, je vais directement dans le salon. Mon grand-père est penché sur l'accoudoir. Il est en train de convulser. Son regard est levé vers moi, ses yeux sont exorbités, ils semblent délavés, implorants, et je sais tout de suite qu'il m'a appelée dans ce silence.

Depuis quelques années, il est sujet à ces crises qui semblent se déclencher quand il est fatigué, quand il a bu un verre de trop, quand il est bouleversé aussi. Il n'y avait rien à faire à part appliquer des compresses froides sur son front, l'empêcher de tomber, de se faire mal. Après les crises qui durent quelques minutes, il est confus, il parle souvent de partir travailler, il erre dans la maison en cherchant quelque chose, il se saisit des plantes en pot, des fleurs dans les vases et dit : « Il ne faut pas oublier ça. » Il ne m'échappe pas que même en plein trouble, c'est vers la terre, les plantes, les fleurs, qu'il se dirige.

Je n'ai pas le temps d'aller chercher des compresses, je m'approche rapidement de lui et je le redresse. Le haut de son corps est lourd mais je le maintiens contre moi, d'abord de manière un peu gauche puis plus aisément, plus tendrement, plus fermement. Je caresse ses cheveux, son front, son dos. Son corps se détend, il se calme. Je ne dis rien parce qu'il n'y a rien à dire. Pendant ces quelques minutes, mon grand-père est un enfant dans mes bras.

13

Mes grands-parents se sont éteints loin de leur maison mais ils ont été tous les deux incinérés à Piton, de manière traditionnelle, sur un bûcher. Le crématorium se trouve à l'extrémité du village, loin des regards, au milieu des champs de canne. Leurs veillées mortuaires ont eu lieu chez leurs filles où ils avaient passé les dernières années de leurs vies et le jour de leur crémation, leurs dépouilles ont été « ramenées » un moment dans leur maison de Piton. Un geste qui se voulait symbolique, m'a raconté mon père. Il y a toujours ces petites choses que l'on fait pour la personne disparue, comme si on voulait lui faire plaisir une dernière fois, comme si son âme était encore là, un peu, et qu'elle éprouverait ce geste d'amour. Ma mère et ses sœurs, elles, versent toujours un peu de whisky sur la tombe de leur père, lui qui aimait beaucoup (trop) l'alcool.

Une fleur préférée, une boisson préférée, une écharpe préférée et pour mes grands-parents, ils ont été, une dernière fois, chez eux.

Pour les deux, à onze ans d'écart, il s'est passé la même chose.

Ce devait être rapide. Leur cercueil en bois posé sur le sol rouge de l'ancien salon, là où avant il y avait une vieille télé, un vase avec des fleurs en plastique, quatre chaises en rotin. Là où ils prenaient leur repas, où ma grand-mère faisait sécher ses fruits, cousait ses rideaux de plastique pour le garage, où s'asseyait mon grand-père, près de la fenêtre. Ici, je m'étais installée un nombre incalculable de fois avec eux pour regarder des séries indiennes et ils me traduisaient ce que les comédiens disaient.

Personne n'avait été prévenu de ce détour en route vers le crématorium. Ils avaient déjà eu leur veillée et beaucoup d'hommages. Mais à peine leur cercueil dans la maison, les gens ont commencé à arriver. « Ils sortaient de partout », m'a confié ma mère. Quelque chose dans l'air, une force de l'esprit, un langage silencieux qui fait frémir le cœur, a animé ce village de terre et d'eau, ce village où les feuilles sont nervurées et les arbres ont plusieurs troncs.

J'imagine ce moment suspendu, hors du temps et de l'espace, bruissant de chuchotements en hindi, en bhojpuri, en créole. J'imagine cette file composée des vieux de ce village, ceux qui comme mes grands-parents sont nés avec l'odeur de la canne à sucre, ne sachant ni lire ni écrire, accompagnés de leurs enfants, leurs petits-enfants.

J'imagine toutes ces mains jointes et ces prières silencieuses pour mes grands-parents sur leur lit de fleurs parfumées – œillets d'Inde, roses, hibiscus, frangipaniers. Comme j'aime cette grâce qui les accompagne dans cette dernière traversée. Comme j'aime cet hommage des vivants pour leur migration ultime.

TABLE DES ILLUSTRATIONS

DE LA MÊME AUTEURE

Aux Éditions Gallimard

LES ROCHERS DE POUDRE D'OR, 2003 (Folio n° 4338). Prix RFO du livre 2003, prix Rosine Perrier 2004.

BLUE BAY PALACE, 2004 (Folio n° 5865). Grand Prix littéraire des océans Indien et Pacifique 2004.

LA NOCE D'ANNA, 2005 (Folio n° 4907). Prix Grand Public du Salon du livre 2006.

EN ATTENDANT DEMAIN, 2015 (Folio n° 6166). Prix Mille et une feuilles 2015.

TROPIQUE DE LA VIOLENCE, 2016 (Folio n° 6481). Prix Femina des lycéens 2016, prix du Roman France Télévisions 2017, Prix Anna de Noailles de l'Académie française 2017, prix des Lycéens Folio 2019.

PETIT ÉLOGE DES FANTÔMES, 2016 (Folio 3 € n° 6179).

UNE ANNÉE LUMIÈRE : CHRONIQUES, 2018.

LE CIEL PAR-DESSUS LE TOIT, 2019 (Folio n° 6970). Choix Goncourt de l'Algérie, choix Goncourt de l'Orient, prix des Lecteurs Pantagruel.

RIEN NE T'APPARTIENT, 2021 (Folio n° 7200). Prix des Libraires de Nancy.

Dans la collection de livres audio « Écoutez lire »

LE CIEL PAR-DESSUS LE TOIT, lu par Suliane Brahim, 2019.

LA MÉMOIRE DÉLAVÉE, lu par l'autrice, 2023.

Aux Éditions Mercure de France

LA MÉMOIRE DÉLAVÉE, coll. « Traits et portraits », 2023 (Folio n° 7470). Prix de l'Essai des Écrivains du Sud.

Aux Éditions de l'Olivier

LE DERNIER FRÈRE, 2007 (Points n° 1977). Prix du Roman Fnac 2007, prix Culture et Bibliothèques pour tous 2008, prix de la Fondation France-Israël 2011.

COLLECTION FOLIO

Dernières parutions

7301	Honoré de Balzac	*Honorine*
7302	Alexandre Dumas	*Les Trois Mousquetaires. II, Milady*
7303	Sempé	*Un peu de la France*
7304	Jean-François Beauchemin	*Le roitelet*
7305	Hemley Boum	*Les jours viennent et passent*
7306	Giuliano da Empoli	*Le mage du Kremlin*
7307	Pauline Delabroy-Allard	*Qui sait*
7308	Gabrielle Filteau-Chiba	*Bivouac*
7309	Hélène Gestern	*555*
7310	Yannick Haenel	*Le Trésorier-payeur*
7311	Christophe Ono-dit-Biot	*Trouver refuge*
7312	Olivier Rolin	*Vider les lieux*
7313	Jean-Marie Rouart	*Mes révoltes*
7314	Boualem Sansal	*Abraham*
7315	Rachel Cusk	*La dépendance*
7316	Jack London	*Une odyssée du Grand Nord* précédé du *Silence blanc*
7317	Léon Tolstoï	*La Matinée d'un gentilhomme rural*
7318	Charles Baudelaire	*Le Peintre de la vie moderne*
7319	Rachilde	*Monsieur Vénus* suivi de *Madame Adonis*
7320	Lucas Belvaux	*Les tourmentés*
7321	Christian Bobin	*Le muguet rouge*
7322	Christophe Boltanski	*King Kasaï*
7323	Iegor Gran	*Z comme zombie*
7324	Caroline Lamarche	*La fin des abeilles*
7325	Monica Sabolo	*La vie clandestine*
7326	Lisa Balavoine	*Ceux qui s'aiment se laissent partir*

7327	Rumena Bužarovska	*Mon cher mari*
7328	Alba de Céspedes	*Elles*
7329	Jenny Lecoat	*La clandestine de Jersey*
7330	Ludmila Oulitskaïa	*Le corps de l'âme*
7331	Hélène Dorion	*Pas même le bruit d'un fleuve*
7332	John Muir	*Juin dans la Sierra*
7333	Isabelle Amonou	*L'enfant rivière*
7334	Denis Diderot	*Paradoxe sur le comédien*
7335	François-René de Chateaubriand	*Voyage en Italie*
7336	Patrick Chamoiseau	*Une enfance créole*
7337	Anne Akrich	*Le sexe des femmes*
7338	Jonathan Coe	*Le royaume désuni*
7339	Roy Jacobsen	*Les vainqueurs*
7340	Virginia Woolf	*Des heures à lire* et autres courts essais
7341	Blaise Cendrars	*Prose du Transsibérien* et autres poèmes du monde entier
7342	Margaret Kennedy	*Divorce à l'anglaise*
7343	John Steinbeck	*Les raisins de la colère*
7344	Giosuè Calaciura	*Le silence de la mère*
7345	Laura Kasischke	*La vie devant ses yeux*
7346	Nathan Harris	*La douceur de l'eau*
7347	Franz Kafka	*Amerika*
7348	Salman Rushdie	*Essais. 1981-2002*
7349	Alexandre Dumas	*Création et Rédemption*
7350	Philibert Humm	*Roman fleuve*
7351	Danièle Sallenave	*Rue de la Justice*
7352	François Sureau	*L'or du temps*
7353	Marie Nimier	*Petite sœur*
7354	Emmanuel Carrère	*V13. Chronique judiciaire*
7355	Collectif	*Le goût du zen*
7356	Henry David Thoreau	*Sur la Concord River*
7357	Jean-Christophe Rufin	*Les Flammes de Pierre*
7358	Dominique Scali	*Les marins ne savent pas nager, I*
7359	Dominique Scali	*Les marins ne savent pas nager, II*
7360	Laurine Roux	*Sur l'épaule des géants*
7361	Marie NDiaye	*La sorcière*

7362	Perrine Tripier	*Les guerres précieuses*
7363	Carole Fives	*Quelque chose à te dire*
7364	Tristan Jordis	*Le pays des ombres*
7365	Martin Winckler	*Franz en Amérique*
7366	Gilles Kepel	*Enfant de Bohême*
7367	Franz Kafka	*Le Procès*
7368	Franz Kafka	*La sentence – Dans la colonie pénitentiaire*
7369	Jean-Paul Didierlaurent	*Le vieux* et autres nouvelles
7370	Franz Kafka	*Kafka justicier ?* Morceaux choisis
7371	Pierre Adrian	*Que reviennent ceux qui sont loin*
7372	Isabelle Sorente	*L'instruction*
7373	Xavier Le Clerc	*Un homme sans titre*
7374	Amélie de Bourbon Parme	*L'ambition. Les trafiquants d'éternité, I*
7375	Stéphane Carlier	*Clara lit Proust*
7376	Jessie Burton	*La maison dorée*
7377	Naomi Krupitsky	*La Famille*
7378	Nastassja Martin	*Croire aux fauves*
7379	Maylis Adhémar	*La grande ourse*
7380	Lucie Rico	*GPS*
7381	Camille Froidevaux-Metterie	*Pleine et douce*
7382	Éric Reinhardt	*Le moral des ménages*
7383	Guéorgui Gospodinov	*Le pays du passé*
7384	Franz-Olivier Giesbert	*Le sursaut. Histoire intime de la Ve République, I*
7385	Daniel Pennac	*Terminus Malaussène. Le cas Malaussène, 2*
7386	Scholastique Mukasonga	*Sister Deborah*
7387	Anonymes	*Évangiles*
7388	Pierre Assouline	*Le nageur*
7389	Louise Kennedy	*Troubles*
7390	Ron Rash	*Plus bas dans la vallée*
7391	Bénédicte Belpois	*Gonzalo et les autres*
7392	Erik Orsenna	*Histoire d'un ogre*
7393	Jean-Noël Pancrazi	*Les années manquantes*

*Tous les papiers utilisés pour les ouvrages
des collections Folio sont certifiés
et proviennent de forêts gérées durablement.*

*Composition Nord Compo
Impression Pollina
le 17 janvier 2025
Dépôt légal : février 2025
Numéro d'imprimeur : 500420*

ISBN 978-2-07-309799-6 / Imprimé en France

646567